X-01

エックスゼロワン

「弐《に》」

あさのあつこ
画 田中達之

講談社

X-01エックスゼロワン　[弐]

あさのあつこ

もくじ

イラスト｜田中達之
ブックデザイン｜城所 潤

これまでのあらすじ

中原《ちゅうげん》の小国「永依《えい》」は、火国《かこく》、勃《ぼっ》国《こく》の2大国に挟《はさ》まれ、滅亡《めつぼう》の危機を迎《むか》えていた。ラタは、永依で身分の低い両親のもと3人きょうだいの長女として生まれるが、父親の死後、クシカ将軍の養子となった。戦士に必要なあらゆる技《わざ》を体得したラタは、12歳《さい》で迎えた勃国との戦いで、「破壊神《はかいしん》」の名にふさわしい戦いぶりを示した。

一方、N県稗南郡《ひなんぐん》稗南町には由《ゆ》宇《う》という少女がいた。15歳の誕生日の前日、大好きな父親が「らた」「えっくすぜろわん」と言い残して急死する。すると、黒ずくめの男たちが稗南町を急襲《きゅうしゅう》し、破壊した。由宇は敵から逃《のが》れる途中《とちゅう》で、母親から「X-01《エックスゼロワン》は人間が創り出した最も大きく、激しい恐怖《きょうふ》」と教えられる。

運命に翻弄《ほんろう》されるラタと由宇。2人の行く手に待っているのは?

おもな登場人物

溝口由宇《みぞぐちゆう》
中学３年生。15歳《さい》の誕生日の前日に父親を亡《な》くす。奥手《おくて》の少女だが、敵に対峙《たいじ》するや戦士のようにふるまう。危険を予知する力がある。

谷山璃子《たにやまりこ》
由宇の親友。将来の夢は声優になること。敵に囲まれた際に重傷を負い、由宇に抱《だ》きかかえられて町を逃《に》げ出《だ》す。

溝口瑞恵《みずえ》
由宇の母親。X-01《エックスゼロワン》とラタの謎《なぞ》について語ろうとしない。

ラタ
永依国《えいこく》の武将。神話に登場する破壊神《はかいしん》の名から「ラタ」と父親が名づけた。クシカ将軍の「息子《むすこ》」として育てられることに。

リャクラン
永依国の美少年軍師。リャクランの名は毒草名に由来する。冷《れい》酷《こく》だが賢《かしこ》く、軍事力より外交の力を信じている。

クシカ・シングウ
永依国を統率《とうそつ》する隻眼《せきがん》(片目)の大将軍。正室カランテアや側室たちとの間に11人の子がいるが、ラタを養子に迎《むか》える。

シュロイ・ハマ
リャクランの父親。クシカ将軍の参謀《さんぼう》。ラタがクシカ将軍の後嗣《こうし》(あとつぎ)となる可能性を強く感じている。

1　地獄《じごく》の底から

草原は兵に埋《う》め尽《つ》くされていた。

敵の、だ。

敵、火国《かこく》の軍旗がはためく。

火を吐《は》く獅子《しし》の紋章《もんしょう》は、風に揺《ゆ》れ、獅子そのものが猛《たけ》り狂《くる》っているように見える。旗音《はたね》は西から東に吹《ふ》き過《す》ぎる風に乗って、永依国《えいこく》の陣《じん》まではっきりと届いてきた。

まさに、咆哮《ほうこう》だ。

圧倒《あっとう》される。

永依の兵士たちは、血の気の無い顔で押《お》し黙《だま》り、身を縮めていた。豺虎《さいこ》が自分たちを食《く》い千切《ちぎ》り、餌食《えじき》にしようと狙《ねら》っている。口にこそしなかったが、あるいはできなかったが、自分たちを兎《うさぎ》のごとく感じ、おびえ竦《すく》んでいたのだ。

「不味《まず》いな」

リャクランが干し肉をかじりながら、呟《つぶや》いた。

「ちょいと不味いぞ、ラタ」

「どっちがだ」

「うん？」

「干し肉か戦況《せんきょう》か、不味いのはどっちだ」

リャクランが肩《かた》を竦《すく》める。口の中の肉を飲み下す。

「こういう状況《じょうきょう》で冗談《じょうだん》が言えるとは、さすがに『漆黒《しっこく》の鬼神《きじん》』だけのことはあるな」

ラタとリャクラン。

永依国の武将と軍師であり、十歳《さい》に満たないころからずっと、寝食《しんしょく》を共にしてきた間柄《あいだがら》だ。友ではない。仲間でもない。むろん、恋人《こいびと》でも愛人でもなかった。少なくともラタは、リャクランに友情も愛情もさほど感じてはいなかった。ただ、信じてはいる。

軍師として、稀有《けう》の能力を持つ男だ。その信頼《しんらい》は揺《ゆ》るがない。軍師以外の面では、何をどこまで信じていいのか見当がつかない。まるで摑《つか》みどころのない相手だった。ときに、生身の人間というより妖怪《ようかい》、物《もの》の怪《け》のたぐいに近いとさえ思う。

えたいが知れない。

永依に古くから伝わる口承、語り物にはよく〝トイ〟が出てくる。本来は四、五歳《さい》の児《こ》ほどの大きさしかなく、三つの眼《め》を持つとされている。深い森の奥《おく》に住み、迷《まよ》い込《こ》んだ者を巧《たく》みに沼《ぬま》の近くや崖《がけ》の上に誘《さそ》い込《こ》んで突《つ》き落《お》とす。絶世の美女、好々爺《こうこうや》、高僧《こうそう》、童《わらべ》、白い鼬《いたち》や獰猛《どうもう》な狼《おおかみ》。その姿をどのようにも変えられ、何にでも化けた。〝トイ〟が森の神に諭《さと》されて改心する語り物もあれば、名を馳《は》せた武将に成敗され石塊《いしくれ》となる説話も残っている。どの伝承でも〝トイ〟は、えたいの知れない不気味な化け物として登場する。

リャクランは〝トイ〟そのものだ。

人ではない。

もっとも、リャクランからすればラタこそ、〝人に非ず〟の存在らしい。

「おまえさんは、血肉を持った人間なんかじゃない。まさに戦神《いくさがみ》……いや、鬼神《きじん》でもなくて、破壊神《はかいしん》とも違《ちが》って……、うーん、戦鬼《せんき》と言ったとこかな。神ではなく、ただの鬼《おに》、化け物さ」

珍《めずら》しく真顔で、言葉を探《さぐ》りながら言われたことがある。

ラタが十二歳《さい》のときだった。

初陣《ういじん》の年だ。

永依国の北に位置する勃国《ぼっこく》との戦《いくさ》だった。後に『永依の奇跡《きせき》』とも呼ばれる戦いは、戦力で遥《はる》かに勝《まさ》る勃国の敗退で終わった。戦力が兵の数と軍備だけを意味するなら、確かに小国永依の敗戦は明らかだった。十五万の敵兵に対し、永依の兵力は五万に満たなかったのだから。

しかし、永依は勝利した。

ラタの属する先頭隊が敵陣《てきじん》に突《つ》っ込《こ》み、ラタはただ一騎《き》でさらに奥《おく》に進み、将軍の首を取ったのだ。指揮官を失い動揺《どうよう》する勃国軍の前方と後方から、永依軍が攻撃《こうげき》を開始する。僅《わず》か二時間足らずの攻防《こうぼう》だった。圧倒的《あっとうてき》な戦力を有していたはずの勃国軍は夥《おびただ》しい死体を残して、敗走した。

『漆黒《しっこく》の鬼神《きじん》、ラタ』の名が平原中に響《ひび》きわたるそのきっかけになった戦いだった。その戦いの直後、リャクランはラタの傷の手当てをしながら告げたのだ。

おまえは、人に非ずと。

お互《たが》いさまだ。おまえのどこに、人らしさがある。

言い返してもよかったが、やめた。

リャクランだけでなく、ほかの誰《だれ》にどう思われてもいっこうに構わない。虫に刺《さ》されたほども感じない。もっとも、リャクランは毒虫だ。見た目は優雅《ゆうが》に舞《ま》う蝶《ちょう》のようであっても、毒針を隠《かく》し持《も》っている。リャクランという名前自体が毒草にちなんだと聞いた。とすれば、その名を与《あた》えた父親は、わが子の本質を嗅《か》ぎ取《と》っていたのだろうか。そして、期待した？　息子《むすこ》が毒を含《ふく》んだ者として成長することを？

リャクランの父、シュロイ・ハマはラタの育ての親とも言うべき、クシカ将軍に仕える。息子同様に摑《つか》みどころのない人物だった。妻を毒殺したとの噂《うわさ》もある。息子は育ち、父の期待以上の毒を身に付けた青年になった。

油断ならない。

そして、おもしろい。

リャクランの思考も嗜好《しこう》も生き方も、ラタには想像もできないものだ。全てが未知だった。リャクランに類型はない。どの型にも当てはまらず、〝トイ〟のように姿を変える。正体などというものを、端《はな》から持ち合わせていないのかもしれない。

「今までの戦《いくさ》とはちょいと勝手が違《ちが》う。火国は、今度こそ本気で永依を潰《つぶ》そうとしている」

リャクランは翻《ひるがえ》る獅子《しし》の旗に向かって、顎《あご》をしゃくった。

永依国は切り立った断崖《だんがい》の上に、陣《じん》を敷《し》いている。二人の眼下には、一面の草原と地平線を埋《う》め尽《つ》くす火国の大軍が一望できた。

「今までは本気じゃなかったのか」

風に漆黒《しっこく》の髪《かみ》をなぶられながら、問う。

「まあ、遊び半分……とまではいかないが、永依などその気になればいつでも潰《つぶ》せるとは思ってただろうさ。『漆黒の鬼神《きじん》』の名に多少用心しても、たかが一騎《き》たかが一人だ。本気など出す必要はないって、な。まっ、実際、そのとおりなんだが」

「思い上がりではないわけか」

「はは、向こうさんが本気だなんて考えるほうが、思い上がってるさ。やつらは自分たちを獅子《しし》にたとえてんだぜ。獅子に敵はいない。互角《ごかく》に戦える相手なんかいないのさ」

リャクランがふうっと息を吐《は》いた。やはり黒く長い髪を掻《か》き上《あ》げる。生まれ落ちたときから、一筋の白髪《はくはつ》が交ざっている髪だ。それが何かの印なのか、ただの変異なのか知る者はいない。

「こうなる前に手を打っておくべきだったのにな」

「打つ手があったのか」

「あったさ。たった一つ、な」

「ふむ」

ラタはうなずき、馬から下りる。

獣馬《じゅうば》の異名を持つ、紅馬《こうば》だ。その名のとおり鬣《たてがみ》も尾《お》も体も紅《あか》い。そして、その異名どおり獰《どう》猛《もう》で剛力《ごうりき》だ。蹄《ひづめ》は幾人《いくにん》もの敵兵の頭を割り、骨を砕《くだ》いた。歯は肉を引《ひ》き千切《ちぎ》り、喉《のど》を裂《さ》いた。

初陣《ういじん》の働きに対し、クシカ将軍から褒賞《ほうしょう》として与《あた》えられた。シレトと名付けた愛馬はラタ以外の者にはけっして馴《な》れず、馬丁を一人蹴《け》り殺《ころ》し、飼育係二人に命に関わるほどのケガを負わせた。

「座《すわ》れ」

木陰《こかげ》に腰《こし》を下ろし、命じる。

「座って何をするんだ。まさか、抱《だ》き合《あ》うわけじゃあるまいな」

リヤクランの眉《まゆ》が顰《ひそ》められた。

「おまえが望むなら、抱《だ》き締《し》めてやってもいいぞ」

「抱き締めながら、喉《のど》にナイフを突《つ》き立《た》てるのか」

「おまえが敵ならそうする。わたしが殺すのは、わたしの敵だけだ」

「おまえさんの敵には絶対にならない。曠野《こうや》の神にかけて誓《ちか》う」

「曠野に神なんていたか」

「この世のことごとくに神は宿る、だ。森羅万象《しんらばんしょう》、あまねく」

「リヤクラン、座れ」

リャクランは口をすぼめ、観念したように馬を下りてきた。こちらの馬は純白に近い白だ。リャクランの身に着けている甲冑《かっちゅう》も白一色だった。

戦場の色ではない。

雪原でもない限り、白は目立ちすぎる。敵の目を引きつける役は果たすかもしれないが、リャクランが囮《おとり》の役を買って出るわけがない。武将として戦う意志自体を持ち合わせていない男なのだ。

軍師であるからには勝つための策を練る。進言もする。しかし、現実に戦うのはそちらだ。光を弾《はじ》いて白く輝《かがや》く甲冑は、無言のまま雄弁《ゆうべん》に語っていた。

しかし、今回ばかりはそうもいくまい。

ラタは僅《わず》かに目を細め、まもなく暮れ始める空と、さぞかし残照に映《は》えるだろうリャクランの出《い》で立《た》ちを眺《なが》めた。

百万を超《こ》える敵勢との戦《いくさ》だ。永依国軍に、武将だ軍師だと役目を分担する余裕《よゆう》はない。料理人であろうと馬丁であろうと駆《か》り出《だ》される可能性は高い。

リャクランが鞍《くら》の物入れから小瓶《こびん》を取り出し、飲むかと聞いた。

「断る」

「おいおい、にべもないってやつだな。これを何だと思ってる」

「何なのだ」

「酒だ。とびきり美味《うま》い、な。宮殿《きゅうでん》でふんぞり返っている王侯《おうこう》貴族でも口にできない代物《しろもの》さ」

「おまえが作ったのか」

「そうさ、じつに三年がかりの一品だ。ほんとに美味いぞ。しかも疲労《ひろう》回復、栄養補給に絶大な効果がある。さらにしかも、ごく少量でだ。すごいだろう？　安定して生産できるようになれば、兵糧《ひょうろう》としては最適だぜ。ほら、騙《だま》されたと思って飲んでみろよ」

いつの間にか、リャクランの手の中に小さなグラスが握《にぎ》られていた。手品のようだ。

「断る。いらない」

「ラタ、おれが三年もの間試行錯誤《しこうさくご》してやっと作り上げた酒だぞ」

「だから断るんだ。そんな物騒《ぶっそう》なもの、一滴《てき》たりとも御免蒙る《ごめんこうむる》」

「物騒って、ちょっとひどくないか。長い付き合いなのに、何でそう露骨《ろこつ》に警戒《けいかい》するかなあ。悲しくなっちまう」

リャクランの眉《まゆ》が下がる。優《やさ》しげな面輪《おもわ》をしているから、そういう表情になると、本当に物悲しげに見えた。

「じゃ、飲んでみろ」

「へ?」

「おまえが、まず、その酒とやらを飲んでみろと言ったのだ」

「おれは、だめなんだ。酒に弱くて……。グラスに一杯《ぱい》も飲んだら、そのまま倒《たお》れて明日の朝まで目が覚めない。これから戦《いくさ》が始まろうかってときに、軍師が倒れてちゃ話にならんだろう。その点、おまえはめっぽう酒に強いじゃないか。これくらいの量だったら」

「リャクラン」

ラタは自分の傍《かたわ》らを指差した。丈《たけ》の低い薄緑色《うすみどりいろ》の草が茂《しげ》っている。ところどころに黄色い花が咲《さ》いていた。花は子どもの爪《つめ》ほどの大きさで五つの花弁がついている。

「座《すわ》れ。聞きたいことがある」

リャクランはさっきと同じように口をすぼめ、唇《くちびる》を尖《とが》らせた。荒々《あらあら》しいほどの所作で座《すわ》り込《こ》む。花が折れ、黄色い花弁が散った。

「まず一つ目は」

軍靴《ぐんか》にへばりついた花弁を指先で弾《はじ》く。

「二ヵ月前、わたしの従者の一人が奇妙《きみょう》な行動をした」

「へえ？　初耳だな。奇妙《きみょう》ってのは？」

「突然《とつぜん》、意味不明の言葉を口走り、衣服を全部、脱《ぬ》ぎ捨《す》てたのだ」

「うほっ、そりゃあ一種の錯乱《さくらん》状態に陥《おちい》ったわけか。毒キノコでも食ったんじゃないのか」

「その男は、素《す》っ裸《ぱだか》のまま庭園を走り回り、ちょうど庭で遊《あそ》び呆《ほう》けていたカランテアたちを驚《おどろ》かせ、ちょっとした騒《さわ》ぎを引き起こした。おまえの耳に入っていないとは言わせない。女たちがあれほど大騒ぎしていたのだからな」

　カランテアはクシカ将軍の正室であり、現永依国王の従姉《いとこ》でもあった。高貴な血筋と高名な夫、さらに「永依の水晶《すいしょう》」と謳《うた》われる美貌《びぼう》を持つ夫人の周りには、いつも人が群がり華《はな》やいでいた。

　クシカ将軍の屋敷《やしき》の広大な庭園には、季節ごとに花々が咲《さ》き誇《ほこ》る。カランテアたちは、事あるごとに庭園を散策し、笑い興じ、四阿《あずまや》で豪華《ごうか》な昼食を取った。クシカ将軍の五人の側室を、カランテアは侍女《じじょ》のごとく侍《はべ》らせていた。食事を運ばせ、歌や踊《おど》りを強要する。逆らえば、陰湿《いんしつ》な嫌《いや》がらせを受ける。屋敷から追い出され、首都ササンカを追放され、永依の国を追われ、曠野《こうや》で果てるおそれさえあった。

　クシカ将軍は、戦地に赴《おもむ》き屋敷を留守にすることが多く、女たちの諍《いさか》いにも揉《も》め事《ごと》にも、いっさい耳を傾《かたむ》けなかった。収めようとも、とりなそうともしない。ただ、自分の意にそわなければ、正室であろうと側室であろうと容赦《ようしゃ》はしなかった。

「あの方は、戦場の風を屋敷内《やしきない》まで持《も》ち込《こ》んでくる。わたしがどんなに優雅《ゆうが》に豪奢《ごうしゃ》に飾《かざ》りつけても、粗野《そや》で残虐《ざんぎゃく》な雰囲気《ふんいき》に変えておしまいになるの。何という嘆《なげ》かわしいことでしょう」

カランテアは愚痴《ぐち》を零《こぼ》し、時として涙《なみだ》を浮《う》かべた。鬱々《うつうつ》とした気分を紛《まぎ》らわせるためなのか、正室であることを誇示《こじ》するためなのか、三日にあげず、側室や侍女《じじょ》を引き連れて庭園に設けられた花畑や雑木林、いくつもの泉の間を気儘《きまま》に歩いていた。

その前に裸《はだか》の男が現れたのだ。男は女たちに危害こそ加えなかったものの、判別できない言葉を喚《わめ》き散《ち》らし、涎《よだれ》を垂らしながら林の中に駆《か》け去《さ》った。

大騒《おおさわ》ぎになった。失神する女もいた。その男がラタの従者であったことから、ラタ自身、カランテアから叱責《しっせき》を受けたのだ。ただ、さすがのカランテアもクシカ将軍の養子であり永依国軍最強の武将と称《しょう》されるラタを、感情のままに罰《ばっ》することはできなかった。

「まるで野獣《やじゅう》のような振《ふ》る舞《ま》いであったが、従者は主人を真似《まね》るという。そなたが主《あるじ》ならば致《いた》し方《かた》ないかもしれんな」

嘲《あざけ》りと怒《いか》りを含《ふく》ませて言い捨てるのが、精一杯《せいいっぱい》だったのだ。カランテアに何を言われようといっこうに応えない。しかし、従者の異様な行動には疑念が膨《ふく》らむ。実直で、冷静な男だった。自らの意志で奇矯《ききょう》な真似《まね》をするわけがない。

男は翌日、林の小道で倒《たお》れているのを発見された。息はしているものの意識はなく、医師にも手の施《ほどこ》しようがなかった。家族の必死の看病が功を奏したのか十日後に奇跡的《きせきてき》に目を覚ましたものの、ろくに手足を動かせず、記憶《きおく》を失い、食事をとることさえ覚束無《おぼつかな》くなっていた。

「うんうん、その話は知ってる。けっこうな騒《さわ》ぎになってたからな。けど、あの騒ぎを起こした男がおまえさんの従者だとは知らなかったな。そりゃあ、災難だったな。権高《けんだか》いご正室さまに、たっぷり皮肉を浴びせられただろう。あの女、おまえさんがクシカ将軍の隠《かく》し子《ご》だといまだに疑っているフシがあるしな。そうそう、将軍がおまえにあまりに目をかけるもんだから、自分の息子《むすこ》が後嗣《こうし》の座に座《すわ》れないのではって、心配で心配でたまらないんだろうよ。はは、国が滅《ほろ》んじまったら後嗣どころの話じゃないのにな。ありゃあどうなんだ。目先のことしか考えられない頭なのか、それとも国が滅ぶなんてまったく考えていないのか。まあ、どっちにしても思考力ってもんがないと……うん？　ラタ、どうした？　何を笑ってる？」

リャクランは唾《つば》を呑《の》み込《こ》み、笑い続けるラタを見詰《みつ》めた。

「やめてくれないか。おまえさんに笑われると何というか……背中のあたりがむずむずして、腹のあたりが冷たくなる」

リャクランは下腹を押《お》さえ、軽く身震《みぶる》いをした。

「わたしだっておかしければ、笑うさ。なあ、リャクラン、おまえ気が付いているのか」

「……何をだ」

「自分の癖《くせ》さ。ごまかそうとすると妙《みょう》に饒舌《じょうぜつ》になる」

「ごまかす？　おれがおまえさんを？　まさか何を言ってるんだ。うわっ、ラ、ラタ、何をする」

リャクランの胸倉《むなぐら》を摑《つか》み、締《し》め上《あ》げる。

「や、やめろ。く、苦しい。おれを殺す気か」

リャクランの手から小瓶《こびん》が滑《すべ》り落《お》ち、草の上に転がる。ラタは拾い上げると、咳《せ》き込《こ》むリャクランの前に突《つ》き出《だ》した。

「わたしの従者にこの酒を飲ませたのか」

「ごほっ、ごほっ……。まったく、何て乱暴なやつだ。絞殺《こうさつ》されるかと……。うん？　何か言ったか」

「わたしの従者にこの酒、酒かどうかも怪《あや》しいもんだが、これを飲ませたんだな、リャクラン」

「へ？　また、突然《とつぜん》に何を言い出すやら」

リャクランは眉間《みけん》に皺《しわ》を寄せ、ラタを睨《にら》みつけた。

「言いがかりもたいがいにしてくれ。おれが何でそんな真似《まね》をしなくちゃならない。名誉棄損《めいよきそん》で訴《うった》え、ひっ」

リャクランの頰《ほお》のすぐ傍《かたわ》らを剣《けん》が掠《かす》める。刃《やいば》独特の冷えた風に、白い一筋の髪《かみ》が揺《ゆ》れた。

「正直に答えないなら、今度は外さない。耳をそぐ」

「ひえっ、待て、待てったら。何でそんなに短気なんだ。やたら、剣を振《ふ》り回《まわ》すなって。明日からは戦《いくさ》だ。敵の耳でも鼻でもそげばいいじゃないかよ」

「そうさ、明日の朝には火国の軍とぶつかる。おまえと無意味な会話を交《か》わしている暇《ひま》はない」

「ごもっともで」

リャクランが薄笑《うすわら》いを浮《う》かべた。

「おれとしても、おまえさんとゆっくり語らいたいとは、ちっとも望んではないんだが」

「だったら、とっととしゃべれ。ただし、真実をだ。これ以上、ごまかすのなら容赦《ようしゃ》しない」

「わかったって。まったく……。ああ、そうですよ。おれが『酒が飲みたくないか』って尋《たず》ねたら、あの男が『飲みたい』って返事したんだ。それで、薬草酒だってちゃんと断って、グラス一杯《ぱい》だけ飲ませてやった」

「その結果、錯乱《さくらん》状態に陥《おちい》ったってわけか。いったい、これの」

ラタはコルク栓《せん》を抜《ぬ》き、小瓶《こびん》を振《ふ》った。

赤紫《あかむらさき》の液体が揺《ゆ》れる。芳《かぐわ》しい酒の香《かお》りが漂《ただよ》った。しかし、葡萄酒《ぶどうしゅ》とは明らかに別物だ。リャクランがただ美味《うま》いだけの果実酒を作るわけがない。

「だから、薬草酒だって。永依国の葡萄酒ほど濃厚《のうこう》じゃないけれど、その分さらっとしてて飲みやすいんだ」

「飲んだら錯乱し、死に至るか、廃人《はいじん》同様になる。そういう毒草酒をおまえはわたしの従者に飲ませたのか」

「いや、違《ちが》うって。おれとしては、本気で戦場用の滋養酒《じようしゅ》、手軽に栄養を補給できて、うまい酒を作りたかったんだ。試行錯誤《しこうさくご》してやっと試作品ができたのさ。実験用の豚鼠《ぶたねずみ》では文句のつけようがない成果をあげたんだ。だとしたら、次は人間で試《ため》して、実用化に進めようと思うだろ？　誰《だれ》だって、な」

リャクランが前髪《まえがみ》を掻《か》き上《あ》げる。ラタはかぶりを振った。

「普通《ふつう》の者は思わない。豚鼠と人間とをいっしょに考えたりしないさ」

「いや、自信はあったんだ。絶対に害はないって、な。けど、あいつ、美味《うま》い美味いってグラスに三杯《ばい》も飲んじまって……。まあ、おれも止めるのが遅《おく》れたんだが……」

「端《はな》から止める気はなかったんだろう」

「またそんな嫌味《いやみ》を……」

「嫌味じゃない。事実だ。おまえは自分の薬の効果を確かめたくて、人体実験をした。そして、一人の男を廃人《はいじん》に追《お》い込《こ》んだんだ」

「それは誤りだ。おまえさんの従者は徐々《じょじょ》にだが回復している。おれが処方した毒消し……じゃなくて薬のおかげでな。あと半年もしたら、元どおりになってるさ。半年後には永依そのものがなくなってるかもしれないが」

「とうてい軍師とは思えん台詞《せりふ》だな。じゃあ、わたしにそれを勧《すす》めたのはなぜだ。わたしも実験台にするつもりだったのか」

リャクランの双眸《そうぼう》が見開かれた。

「おまえさんを実験台に？　まさか、そんな大それたこと、蟻《あり》の頭ほども考えないね。それにな、この酒はほんとに滋養酒《じようしゅ》なんだぜ。改良に改良を重ねた完成品だ。明日の戦いに備え、大いに英気を養ってほしかった。それだけのことなんだ」

リャクランの身振《みぶ》りが大きくなる。

「いいさ。そこまで拒《こば》むなら無理強《むりじ》いはしない。ただ、おれの誠意が伝わらなかったのは残念だが致《いた》し方《かた》ない。返してくれ」

リャクランが手を伸《の》ばしたとたん、シレトがいなないた。

前足で大地を掻《か》く。

「くれと言っている」

「へ？」

「シレトがこの酒を飲みたがっているのだ」

「は、馬にやるつもりか？　冗談《じょうだん》じゃない。それは何種類もの薬草と果実のしぼり汁《じる》を混ぜ合わせた貴重な物なんだぞ。馬ごときに飲ませられるもんか」

ガッガッガッ。

シレトの蹄《ひづめ》が地を削《けず》り、土塊《つちくれ》を四方に散らす。鬣《たてがみ》を揺《ゆ》らし、シレトはもう一度いなないた。腹に響《ひび》く声だ。

「飼い主に似るのかどうか、こいつも短気でな。ふふ、あまり苛立《いらだ》たせると何をするかわからんぞ。怒《おこ》りだすと、わたしでも止められないからな」

「おれを脅《おど》してるのか」

「事実を申し上げております、軍師どの」

ヴヒヒヒーン。

シレトがひときわ高く鳴く。

「わ、わかった。まったく、主《あるじ》が主なら馬も馬だな。好きにするがいいさ」

不貞腐《ふてくさ》れたようにリャクランは横を向いた。

ラタはゆるりと立ち上がる。シレトの轡《くつわ》を外し、その口元で小瓶《こびん》を傾《かたむ》け、中身を手で受けた。芳醇《ほうじゅん》な香《かお》りが広がる。

「ああ、ぜ、全部……やっちまった」

リャクランが悲鳴を上げ、頭を抱《かか》えた。

シレトの薄桃色《うすももいろ》の舌が赤紫《あかむらさき》の液体をすくう。瞬《またた》く間《ま》に、ラタの手の中は空になった。

「うまかったそうだ。もうないのか」

「ねえよ。あっても出すもんか。それ一本作るのにどれだけの金を注《つ》ぎ込《こ》んだと思ってんだ」

「ふむ……おまえの言うことは本当だったんだな。毒なら、シレトが舐《な》めるわけがない。悪かったな、リャクラン」

「けっ、いまさら、謝《あやま》ったって遅《おそ》い。もうちょっと、他人の善意には素直《すなお》になれ。用心深いのも度が過ぎると、ただの根性《こんじょう》曲《ま》がりだ」

「おまえがわたしの従者に悪さをしてなけりゃ、疑いなどしなかったさ」

「嘘《うそ》つけ。おれのこと、いや、誰《だれ》のことだって信用なんてしてないだろうが。おまえさんが信じてるのは、その、やたら噛《か》み癖《ぐせ》のある馬だけじゃないかよ」

おや、こいつ、ちゃんと見抜《みぬ》いているじゃないか。

ラタはほんの僅《わず》か、笑《え》んでみせた。

「シレトは信じられる。おまえだって信じられるさ、リャクラン。ただし軍師としてなら、な。おまえを敵に回さなくてよかったと、しみじみ思うことがよくある」

「……ほめているのか」

「そのつもりだが」

「それは、この上ない光栄にございます。ラタ閣下」

リャクランが恭《うやうや》しく頭を下げる。

「リャクラン、もう一つ、尋《たず》ねる」

「なんなりとお答えいたします、閣下」

「そこまでにしておけ。ふざけるのも度が過ぎると、ただの道化《どうけ》だ」

ラタは木陰《こかげ》に戻《もど》り、リャクランの傍《かたわ》らに腰《こし》を下ろした。

「たった一つあった打つ手とは何だ」

「うん？」

「さっき、言っただろう。たった一つだけ打つ手があった、と」

ああ、あれね、と、リャクランは肩《かた》を竦《すく》めた。

「おまえさんの初陣《ういじん》さ」

「初陣……勃国との戦《いくさ》か」

「そうさ。あのとき、火国の内政は混乱していた。国王の代替《だいが》わりがうまくいかなかったんだな。確か王弟と皇太子、つまり叔父《おじ》と甥《おい》が王位継承《おういけいしょう》を巡《めぐ》って対立したんだよな。まあ、典型的なお家騒動《いえそうどう》ってやつだ。叔父ってのがころりと死んじまったから、国を二分しての内乱ってことにはならなかった。そうなっていたら、さしもの火国もきれいさっぱり滅《ほろ》んでいたはずだ。いくら大国であっても、内でごちゃごちゃやってちゃ生き残れない。それほど甘《あま》い時代じゃないものな、今は。叔父貴《おじき》を殺し、曲がりなりにもごちゃごちゃを収めた皇太子は賢明《けんめい》だったわけだ」

「殺したと言い切れるのか。病死かもしれない」

「はっ、なに寝言《ねごと》を言ってる。王権を争っていた一方が死んだんだ。暗殺に決まってんだろう」

どうだろうかと、ラタは考える。

人の世は不可解だ。絶対的なものなど、ほとんど存在しない。火国の王弟の死因は暗殺ではなく、病であったかもしれない。可能性は限りなく低くはあるが。

そう、絶対的なものは存在しない。

顔を上げ、地平線に翻《ひるがえ》る獅子《しし》の旗を眺《なが》める。

明日の勝敗もわからない。

やはり限りなく低いが、永依国が勝利する可能性だってあるはずだ。いや、そう低くはないかもしれない。

しゃべり続けるリャクランの横顔に目をやる。

「火国の乱れに乗じて、勃国がしゃしゃり出てきたのは、まあ、当然だろうな。千載一遇《せんざいいちぐう》の機会だ。見逃《みのが》すほどの馬鹿《ばか》じゃ生き残れない。わが永依国だって、もうちょっと国力があればしゃしゃり出てただろうさ。悲しいかな、こんな小国じゃどうにもならなかったってだけの話さ。その点、勃国は火国に次ぐ大国だ。ここぞと立ったのは妥当《だとう》な判断だろうよ。おれが勃国の王であっても、同じことをする。ただし、ちょいと欲を掻《か》いたのは妥当じゃなかった」

「欲とは、永依国を攻《せ》めたことか」

「そうだ。勃国からすれば進軍のついでに小国を一つ潰《つぶ》して、前線基地でも作ろうかって程度の欲だったろうさ。けれど、結果は大敗だ。火国を討《う》つどころじゃない、総大将の首を取られ、総《そう》崩《くず》れになり、ほうほうの体《てい》で逃《に》げ帰《かえ》らざるを得なかった。ふふ、『漆黒《しっこく》の鬼神《きじん》』の華々《はなばな》しい登場ってわけだ。まったく、あのときの、おまえさんの戦いぶりときたら、確かに鬼《おに》のごとくで」

「話を戻《もど》せ。打つ手とは何だったのだ」

リャクランが小さく舌を鳴らした。

「そう急《せ》かすなって、話には順序ってものがあるんだ。が……まあいい。細かいところは端折《はしょ》る。要するに、あのとき、火国は内部に火種を抱《かか》え、勃国は思わぬ反撃《はんげき》を受けて、相当の痛手を蒙《こうむ》った。永依国にとって、最高の条件が揃《そろ》ったわけだ」

「中原平定の条件がか?」

ラタの問いに、リャクランはさらに舌打ちの音を高くした。

「あほか。どこをどう引《ひ》っ繰《く》り返《かえ》しても、永依が中原の覇者《はしゃ》になれるわけがないだろうが。生き残る条件って意味だよ。この先、何十年か何百年かわからないが、大きな戦乱に巻《ま》き込《こ》まれることなく永依という国を維持《いじ》していける、まさに千年に一度の機会だった。わかるか」

「わからない」

「馬鹿《ばか》、間抜《まぬ》け」

リャクランが罵《ののし》る。

別に腹は立たない。リャクランはときどき、こんなふうに露骨《ろこつ》な挑発《ちょうはつ》をしてくる。機嫌《きげん》のいい証《あかし》でもあった。

「頭を使え、頭を。馬鹿じゃ戦いには勝てないぞ」

「心配は無用だ。今まで勝ち続けてきた」

リャクランが鼻から息を吐《は》き出《だ》す。

「ふふん、まあ、そうだな。おまえさんは馬鹿じゃない。それは、おれがいちばん、よく知っている。そうさ、馬鹿じゃない。ただ、考えないんだ。戦《いくさ》以外の、生き残る手立てをな。戦で勝つ以外の、国の守り方を考えない」

「わたしは軍人だ。戦うことだけしか考えない」

「はいはい、そうでございますね。軍人さまはそれでいいかもな。人にはそれぞれ役目ってものがある。ところが、永依の政《まつりごと》を司《つかさど》る文人どもはその役目を放棄《ほうき》した。あるいは、役を担《にな》う能力を著《いちじる》しく欠いていた。おれはな、ラタ、永依の悲劇は外交を司る役人に、人材がいなかったことだと思うんだ。どうして、もう少しうまく立ち回れなかったのか……」

リャクランの声音《こわね》が僅《わず》かに低くなる。

「火国からすれば永依国は、あわやというところで勃国を追《お》い払《はら》ってくれた恩人だし……恩なんて感じちゃいないだろうけどな。勃国は恐《おそ》るべき相手として認識《にんしき》しただろう。その機会に軍事ではなく外交で攻《せ》めるべきだったんだ。特使を派遣《はけん》して、両国と友好条約を結ぶ。それくらいの動きは見せてほしかったね。告白すると、おれなりに進言もしたんだ。あっさり却下《きゃっか》されたがな。へっ、友好条約なんていつ破棄《はき》されるかわからない、つまり何の役にも立たないだとよ。役に立つように持っていくのが外交手腕《しゅわん》ってもんだろう。あの戦いで永依国軍には鬼神《きじん》がいるとの噂《うわさ》が瞬《またた》く間《ま》に広がった。草原の野火のごとくだ」

「広げたのは、おまえだろう」

リャクランが口を閉じた。黒目がゆっくりとラタに向く。

「知ってたのか」

「いや、知らなかった。ただ、おまえならそのくらいのことはするだろうとは、想像できる。間《かん》者《じゃ》を使って噂を流し、人心を惑《まど》わす。いかにも、おまえのやりそうなことだ」

「噂じゃない、事実を広げたんだ。しかも、勃国の兵士たちによって裏打ちされた噂だ。何しろ、国に逃《に》げ帰《かえ》った後、『鬼《おに》がいた』と錯乱《さくらん》し泣《な》き喚《わめ》く兵士が後を絶たなかったそうだからな。ふふん、ともかく、おまえさんのおかげで、永依は最強のカードを手にできていたんだ。あのときは、な。こちらから、友好条約を持ち出せば、火国も勃国も否応《いやおう》なく同意しただろうよ。そして、永依国を挟《はさ》んで、お互《たが》いを牽制《けんせい》する。どちらかが永依国に害をなせば、それを口実に相手国に攻《せ》め入《い》ることが可能になる。ふふっ、こんな戦国の世でも建て前とか大義名分とかは入《い》り用《よう》なんだな。あほらしいっちゃあ、あほらしいが」

「二国と友好条約を結べばどうなるんだ」

「だから、何十年か、うまくすれば百年近い平和を確保できる」

「それは、甘《あま》いな」

ラタはわざと、鼻先で嗤《わら》ってみた。リャクランのようにうまくできない。相手を小馬鹿《こばか》にしているのに妙《みょう》に魅力的《みりょくてき》な笑《え》みは、リャクラン独特のものだ。

「友好条約なんて、ただの飾《かざ》り物《もの》だ。いつだって一方的に破棄《はき》できる。火国にしろ勃国にしろ、何の重きもおくまい」

「なぜだ」

「国力に差がありすぎる。やつらがわたしたちと対等な条約を結ぶとは考えられない」

一瞬《いっしゅん》、ほんの一瞬だが、リャクランの眸《ひとみ》に光が走った。

激しい憤怒《ふんぬ》のようにも、深い悲哀《ひあい》のようにも見えた。

ほんの一瞬で光は消えた。リャクランの眸は、いつものように凪《な》いでどんな感情も表さない。

「おまえさん、国力ってのを軍事力、武力と同じ意味で使ってるだろう。まあ、武人だから仕方ないんだろうが」

ラタはリャクランの何も読み取れない眸から、視線を外した。

「民《たみ》か」

呟《つぶや》く。

リャクランの眉《まゆ》がひくりと動いた。

「わかってるじゃないか、ラタ」

「どんな大国でも……いや、大国であればあるほど、国民を侮《あなど》ることはできない。その力を見誤れば滅《ほろ》びる」

「そのとおりだ。さすがに聡明《そうめい》だな、ラタ」

「さっき間抜《まぬ》けだと言ったぞ」

「言葉の綾《あや》だ。いちいち、突《つ》っ込《こ》むな。絶対的な力を持って一人の王が国を支配する。そんな時代は終わろうとしている。ちょっと脳みそがあって勘《かん》のいいやつなら、嗅《か》ぎ分《わ》けているさ。そして、どの国の民《たみ》も戦《いくさ》に倦《う》んでいた。そりゃそうだよな。徴兵《ちょうへい》に重税、やたら制約の多い暮らし……誰《だれ》だってうんざりだ。火国だって勃国だって例外じゃなかった。あのとき、厭戦《えんせん》気分が満ちていたあのとき、きちんとした外交政策をとっていれば、友好条約が締結《ていけつ》されて、永依国は安泰《あんたい》だったんだ」

「そんなに、うまくいったか？　一戦闘《せんとう》で、勃国に勝利したというだけだぞ」

「永依国を侵略《しんりゃく》しないとの確約と引《ひ》き換《か》えに、国の四分の一を差し出せばいい」

「な……」

絶句してしまう。リャクランが薄笑《うすわら》いを浮《う》かべた。

「無茶だと呆《あき》れてる面《つら》だな」

無茶ではなく妄言《もうげん》にちかい。

戦とはとどのつまり領土の取り合いだ。どんな建て前、どんな大義名分があろうと領土を広げ、支配地域を広げることを目的とする。敗れたわけでもないのに国土を差し出すなど、考えられない。が、考えられないことを考えるのが策士というものだろう。

ラタは唇《くちびる》を結び、リャクランを再び見詰《みつ》めた。

リャクランはまだ、薄笑《うすわら》いを張りつけたままだ。

「……西側か」

パチッ。

リャクランの指が鳴った。

「さすが、見直したぜ、ラタ。おまえの脳みそはなかなかのもんだ。戦闘《せんとう》能力の半分ぐらいはあるかもな」

「……ほめているようには聞こえないが」

「ほめちゃいない。感心してんだ。おまえがあっさり理解したことを、わが国《くに》のお偉《えら》い文官どのたちは誰一人《だれひとり》、解さなかった。耳を傾《かたむ》けようとさえしなかったんだ。おれの建白書を塵《ごみ》くずにしやがって。まったく、やってられないって気分だったな、あのときは」

リャクランの頬《ほお》に微《かす》かに血が上った。

永依国の西側は火国と勃国を結ぶ最短線上に位置している。だからこそ、二大国は永依を狙《ねら》ったのだ。

「もともと西側の大半は荒れ野《あの》だ。農耕地も村落もない。国民の大半は東側に集まっている。そう惜《お》しい供物《くもつ》じゃないだろう」

「国を切り売りするわけか」

「高値で売れるうちに売るのが商《あきな》いの基本ってもんだ」

「おまえ、今、商売の話をしてたのか」

「商い的発想ってのも、必要だってことさ。けど、いまさら、こんなことをぐだぐだ言っても仕方ない。わが国《くに》には外交を担《にな》えるだけの人材がいなかった。その結果がこれさ」

リャクランが顎《あご》をしゃくる。

火を吐《は》く獅子《しし》たちが唸《うな》っていた。

「火国は新王のもとにまとまり、長い戦国の世を終わらせるべく立った。といえば聞こえはいいが、軍備を整えて力ずくで平定に乗り出したわけだ。まずは、永依国を血祭りにあげて、その勢いをかって、勃国に攻《せ》め込《こ》む。そう決めた。獅子が食《く》らうと決めたのなら、狐《きつね》には打つ手がないよな」

「わたしたちは狐か」

「少なくとも、可愛《かわい》い兎《うさぎ》ちゃんじゃないだろう」

「嘘《うそ》つけ」

「へ？　ラタ、まさか自分のことを兎だなんて思っちゃいないだろう」

「わたしは人間だ。兎《うさぎ》でも獅子《しし》でも鬼《おに》でもない。嘘《うそ》ってのは、おまえのことだ。おまえに打つ手がないなどと嘘っぱちだ。どんな状況《じょうきょう》でも、策の一つや二つ、抱《かか》え込《こ》んでるじゃないか。貪欲《どんよく》な金貸しの老人が金壺《かなつぼ》を抱《だ》くみたいにな」

「……ほめているようには聞こえないな。けど、まあ、中《あた》らずといえども遠からず、だ」

そこで、リャクランはまた薄《うす》く唇《くちびる》をめくった。

「手はあるのか」

「ある。おれたちは負けはしないさ、ラタ」

リャクランは甲冑《かっちゅう》の中に手を入れた。抜《ぬ》き出《だ》したとき、小瓶《こびん》が握《にぎ》られていた。さっきの物と同じ形だ。ただし、中はもう少し赤黒い液体に満たされている。

「これを使う」

リャクランが静かに告げる。

2　天空からの光は

足がもつれた。

身体《からだ》が前にのめる。

止められなかった。

「ああっ」

短い悲鳴を上げて、由宇《ゆう》は地面に転がった。

苔生《こけむ》した土の匂《にお》いが鼻腔《びこう》を刺《さ》す。口の中の血の味がひときわ、濃《こ》くなった。吐《は》きそうだ。

「う……」

璃子《りこ》が低く呻《うめ》いた。それっきり、静かになる。

「璃子？」

由宇は全身に力を込《こ》めた。

起き上がらなくちゃいけない。起き上がって、前に進まなくては。

想《おも》いが突《つ》き上《あ》げてくる。

腕《うで》が動く。膝《ひざ》が動く。指が動く。

大丈夫《だいじょうぶ》だ。まだ、動ける。まだ、生きている。まだ、負けてはいない。まだ……。

めまいがした。同時に胃が絞《しぼ》られるように痛み、苦い汁《しる》が食道をせり上《あ》がってくる。由宇は再び膝をつき、その場に嘔吐《おうと》した。ほとんど何も出てこない。胃液らしい薄黄色《うすきいろ》の嘔吐物の中に海苔《のり》と飯粒《めしつぶ》が交ざっている。夕食の残骸《ざんがい》だ。

父の葬儀《そうぎ》の後、口にしたのは小さな握《にぎ》り飯《めし》二つだけだった。それも母に半ば強制的に食べさせられたものだ。

「由宇、だめよ。どんなときだって食べなくちゃ。食べないとエネルギー切れになっちゃうよ。ほら、お握り。一口でもいいから食べて。いえ、食べなさい」

「母さん、強引《ごういん》だよ。自分だって、ほとんど何も食べてないくせに」

「今から食べます。よぉく、見てなさい」

幼児のこぶしほどの握り飯を瑞恵《みずえ》はすっぽり口の中に納めた。

「……う、うん、おいし……い」

「母さん、なに無茶苦茶やっとんよ。ほら、ご飯粒《はんつぶ》が零《こぼ》れてる」

「ゆ、由宇……水、ちょうだい。の、喉《のど》に詰《つ》まって……」

「やだ。コントじゃないんだから。しっかりしてな」

そんなやりとりを母としたのはいつだったろうか。もう百年も昔のような気がする。

いや、違《ちが》う。

今日だ。ほんの数時間前だ。

あれからお茶を淹《い》れ、お握《にぎ》りを食べた。味はほとんどしなかった。味覚が少し麻痺《まひ》していたのかもしれない。

簡単な夕食の後、思い切って母に尋《たず》ねたのだ。

X－01《エックスゼロワン》のことを。父が残した記号のような言葉の意味を。

「知らないわ」

取りつく島もない返事だった。そして、明らかな嘘《うそ》だった。

X－01。母はそれが何なのか知っている。

ほんの数時間前の出来事。しかし百年も隔《へだ》たってしまった日常だ。

もう届かない。どんなに手を伸《の》ばしても、摑《つか》めない。

あたしが悪かったの?

手の甲《こう》で口元を拭《ぬぐ》いながら、由宇は自問していた。

あたしが尋《たず》ねたりしなければ、こんなことにならなかったの?

目を閉じる。瞼《まぶた》が微《かす》かにひくついた。

X－01なんて知らなければ、あのままいつもの時間が流れていたのだろうか。階下では大人たちが集まり、今後について話し合っていた。大人たちは真剣《しんけん》で翳《かげ》りさえある顔つきだったけれど、二階の由宇の部屋には明るい笑い声が響《ひび》いていた。会話が弾《はず》んでいた。

由宇、璃子、龍平《りゅうへい》、秋良《あきよし》。

いつもの四人の、いつものやりとりが、笑いが、確かに存在していたのだ。

「明日の計画って?」

「溝口《みぞぐち》由宇さんのお誕生日パーティについてです」

「あ、誕生日」

「そう誕生日。十五歳《さい》のバースデイ」

そこで璃子が指を鳴らした。乾《かわ》いた軽《かろ》やかな音だった。

ずっと続くはずだったのに。

父の死、中学卒業、高校進学、さらにその先にある未来。少年や少女は若者となり、親たちは老いていく。時間と共に環境《かんきょう》とか人生の色合いとかは変わっても、それは穏《おだ》やかな変容でしかない。自然と受け入れられる範疇《はんちゅう》での変化だ。

信じていた。

昨日と地続きの今日が、今日とよく似た明日が流れていくと疑いもしなかった。こんな破壊《はかい》が、こんな暴力が襲《おそ》いかかってくるなんて思いもしなかった。

X－01。

あれは呪文《じゅもん》だったのかもしれない。破壊と暴力への扉《とびら》を開く、呪《のろ》われた文句だったのかもしれない。

あたしが口にしたから、扉が開いてしまった。

扉が開き、悪《あ》しきものどもが躍《おど》り出《で》る。

人の肉を食らい、血をすする。

全てを壊《こわ》し、あらゆるものを滅《ほろ》ぼす。

容赦《ようしゃ》なく、躊躇《ためら》いなく、一欠片《ひとかけら》の慈悲《じひ》もなく。

由宇は目を開けた。

いいえ、違《ちが》う。

あたしは知っていた。

いつかこんな日が来ると、漠然《ばくぜん》と感じていた。あたしには、見通せる未来も穏《おだ》やかに過ぎる時間も無縁《むえん》なのだと。

知っていた。

身体《からだ》の芯《しん》が疼《うず》いた。疼きながら火照《ほて》る。

おまえは女ではない。男でもない。

疼きがそう告げる。

女の身体に男が宿っているわけではない。

おまえに性など必要ない。

そう……必要ない。では必要なものは何だ。

「うう……」

璃子がまた呻《うめ》き、身じろぎした。

「璃子！」

よろめきながら傍《そば》に寄る。

「璃子、璃子、しっかりして」

抱《かか》え上《あ》げた璃子の身体《からだ》は脱力《だつりょく》し、ずしりと重い。頬《ほお》にも額にも幾本《いくほん》もの蚯蚓腫《みみずば》れができていた。口《くち》の端《はし》には血が滲《にじ》んでいる。

いや、それより……。背中に回した手が生温《なまあたた》かい。

「璃子ぉっ」

ほとんど悲鳴のように由宇は親友の名を呼んだ。

手のひらに血がべっとりとついている。錆《さ》びた鉄に似た血の臭《にお》いが土の香《かお》りと混ざり合う。気が付かなかった。いつ、撃《う》たれたのだ。

「璃子、目を開けて。あたしがわかる？　由宇だよ、璃子」

どうすればいいのか見当がつかない。背中から流れ出る璃子の血は、じわじわと地の上に広がっていく。

「……ゆ、ゆう……」

璃子の瞼《まぶた》が僅《わず》かに持ち上がった。その下で黒目が左右に揺《ゆ》れる。由宇は璃子の手を握《にぎ》った。とたん、思いがけない強い力で振《ふ》り払《はら》われた。

「嫌《いや》だ、嫌っ」

璃子が叫《さけ》ぶ。身をよじり、由宇の腕《うで》から逃《のが》れようと足掻《あが》く。

「嫌《いや》、嫌……来んといて」

「璃子……」

振《ふ》り払《はら》われた手を空に浮《う》かべたまま、由宇は息を詰《つ》めた。一瞬《いっしゅん》、何が起こったのか理解できなかった。

「来んといて、怖《こわ》い……怖い、お母さん助けて、お母さん」

璃子は泣き叫びながら、後退《あとずさ》る。立ち上がる力はないのか、ずるずると這《は》うだけだ。璃子の這った跡《あと》に血の筋ができる。闇《やみ》の中なのになぜか、はっきりと見て取れた。

「璃子、だめや。動いたら、だめやって」

「来るな、化け物」

璃子が全身の力を込《こ》めて、腕を振った。

バシッ。

頬《ほお》をしたたかに打たれた。腰《こし》を浮かしていた由宇は勢いのまま、横に転がった。口の中に新たな血の味が広がる。

「……璃子、どうして……」

唇《くちびる》からも血が滴《したた》る。

「やめて……お願い、助けて……」

璃子が泣き始めた。顔を歪《ゆが》め、必死に懇願《こんがん》してくる。

「お願い、殺さんで。あたしを……殺さんといて……」

血の混ざった唾《つば》を呑《の》み込《こ》む。

璃子には、あたしが化け物に見えてるんだ。化け物におびえ、命乞《いのちご》いをしているんだ。

動悸《どうき》がするほどの戸惑《とまど》いを覚える。しかし、口を衝《つ》いて出た声は、冷静で静かだった。

「璃子、あんた、ひどいケガをしとるんよ。すぐに救急車を呼ぶから、じっとしとって」

そうだ、迷っている場合じゃない。すぐに救急車を呼ぶか、病院に運ぶかしないと。

でも、どうやって？

由宇はあたりを見回す。

青葉の匂《にお》いがした。風に木々の枝が揺《ゆ》れている。ところどころに白い花が付いていた。闇《やみ》の中でさえ艶《つや》めく白だ。

ここは……、尼陰山《あまかげやま》のふもとだ。

子どものころの遊び場だった。その昔、都から落ち延びてきたさる姫《ひめ》ぎみが山の中腹に庵《いおり》を結び、戦《いくさ》で亡《な》くなった恋人《こいびと》の菩提《ぼだい》を弔《とむら》ったとの言い伝えが残っていた。

この国のどこにでもある伝承にすぎないが、丸く柔《やわ》らかな稜線《りょうせん》を持つ山は、悲運の姫《ひめ》ぎみに相応《ふさわ》しい佇《たたず》まいとも見える。なだらかな斜面《しゃめん》からふもとにかけて雑木林が広がっていた。川面《かわも》を渡《わた》る風が吹《ふ》き込《こ》んで林は夏でも涼《すず》しく、秋には形も大きさもまちまちの木の実を地に落とした。子どもたちは競《きそ》い合《あ》ってポケットやビニール袋《ぶくろ》から溢《あふ》れるほど実を集めた。

かくれんぼや鬼《おに》ごっこの最中に、鹿《しか》と遭遇《そうぐう》したこともある。二度も三度もある。あれは小学校入学の直前、林が花の匂《にお》いに満ちるころだった。小鹿と出会った。まだ体に白い斑点《はんてん》があった。大きな丸い目で由宇たちを見詰《みつ》め、小鹿は不意にぴょんと跳《は》ねた。跳ねながら林の奥《おく》に消えた。

泣いているような潤《うる》んだ目だった。

迷子なのかな。お母さんとはぐれちゃったのかな。

目があったとき哀《あわ》れみさえ覚えたのに、小鹿の跳躍《ちょうやく》は意外にしっかりとして力強く、由宇の一方的な憐憫《れんびん》など蹴飛《けと》ばしてしまう。

「ちっこい鹿の肉って食ったらうまいんぞ。おしかったな」

龍平が言った。

「えっ、あんな可愛《かわい》いのを食べるん」

「由宇は食べたことないんか」

「うん、ないと思う」

「じゃ、今度は狩《か》りをしようや」

由宇と璃子は顔を見合わせ、同時に「狩り？」と首を傾《かし》げた。声も仕草もぴたりと合わさった。それがおかしいと、龍平が大笑いする。ふだんは物静かな秋良もいっしょに笑っていた。

「馬鹿笑《ばかわら》いせんといて。ほんま、馬鹿丸出しじゃわ」

璃子がむくれた。むくれ顔がおかしいと龍平がさらに笑い、璃子に頭を叩《たた》かれ、今度は泣き出した。そんなドタバタの後、道具を使って鹿《しか》を狩ろうという話になり、四人は弓矢だの石斧《いしおの》だのを夢中で作ったのだ。それで狩りの真似事《まねごと》ぐらいはできたのかどうか思い出せない。もう何年も前のことだ。小学生になり、中学生になり、幼い記憶《きおく》の細部は褪《あ》せて、掠《かす》れて、とうに消えてしまった。

それなのに、ここに来ていた。

命を狙《ねら》われ、必死に逃《に》げ、辿《たど》り着《つ》いていた。木々に囲まれ木々の匂《にお》いに満ちた場所だ。

由宇は耳を澄《す》ませ、目を凝《こ》らし、周りを窺《うかが》った。

人の気配はない。

「璃子、待ってて。あたし、どこかで１１９番に連絡《れんらく》するから」

近くに人家はない。そして、迂闊《うかつ》に姿をさらせば、また男たちに襲《おそ》われる。危ない。ここを出るのは、危険だ。

束《つか》の間《ま》、由宇は躊躇《ちゅうちょ》した。

「……お母さん……お父さん……」

璃子が地面に突《つ》っ伏《ぷ》す。背中が大きく波打っていた。

「助けて、怖《こわ》い。怖い……怖い……こわ」

濁《にご》った音を立てて、璃子が口から大量の血を吐《は》き出《だ》した。

「璃子！」

慌《あわ》てて抱《だ》き起《お》こすと、璃子はまた血を吐いた。もう、呻《うめ》き声《ごえ》すら漏《も》らさない。涙《なみだ》が一粒《つぶ》だけ目《め》尻《じり》から零《こぼ》れた。顔色は頭上の花より白かった。血の気がほとんどない。

ぞっとした。

背筋に氷の棒を押《お》しつけられたみたいだ。

「璃子……璃子、目を開けて。だめだよ、目を開けとらんとだめ。しっかりして、璃子、璃子」

璃子の唇《くちびる》が僅《わず》かに開いた。

「……たす……けて」

微《かす》かな声と共に長い息が漏《も》れていった。息を吐《は》き出《だ》すと、璃子の身体《からだ》は一瞬《いっしゅん》、強く強張《こわば》った。

目が大きく見開かれたが、すぐに瞼《まぶた》が下がってくる。眸《ひとみ》から急速に光が失われていった。

「やだ、璃子、璃子、待ってよ、璃子」

頭の中が真っ白になる。全身の肌《はだ》が粟立《あわだ》って、ひりひりする。

璃子の身体から力が抜《ぬ》けた。垂れた頭が、右に左にぶらぶらと揺《ゆ》れる。血溜《ちだ》まりに浸《つ》かった指先は、見えない何かを摑《つか》もうとするのか「く」の字に曲がっていた。

「璃子、だめだって。目を開けてよ」

揺すった拍子《ひょうし》に、腕《うで》から璃子が滑《すべ》り落《お》ちた。血の染《し》みた土の上に、ごろりと転がる。ごつんと硬《かた》い音がした。マネキン人形が転がったみたいだ。

息を呑《の》み込《こ》み、由宇は璃子の顔をのぞき込んだ。

目も口も少し開いていた。けれど、動かない。瞬《まばた》きもしない。笑うこともしない。光を失った眸は灰色にくすんで、薄《うす》い膜《まく》を一枚、貼《は》りつけられたように見える。これと同じ目についい最近、出会った。

父の目だ。

息絶えようとする者の目だ。

年齢《ねんれい》にも、性別にも関わりなく、人は目の中に膜《まく》を張って、命を終えた証《あかし》にするのだ。

呼吸ができない。喉《のど》を押《お》さえると、ひくひく痙攣《けいれん》していた。

「……うそ……うそ……うそ……」

嘘《うそ》でしょ、璃子。嘘だよね。こんなこと、あるわけないがね。

あるわけがない。

さっきまで、いっしょにしゃべっていた。璃子の形のいい唇《くちびる》は滑々《つらつら》と動き、冗談《じょうだん》や告白や約束を言葉にしていた。

「由宇は、げじクールなんよの」

「ちょっと、由宇。あのね、あんた、まさか一生バージンでいるつもりなん」

「溝口由宇さんのお誕生日パーティについてです」

「ゆうちゃん、明日もいっしょに遊ぼうな」

「どんぐり、ポケットに一杯《いっぱい》になったで。これな、ひっつけて人形が作れるんやて」

「ゆうちゃん、泣かんといて。誰《だれ》がいじめたん？　ええよ、りこがやっつけてあげる」

「やっほー、由宇。今日からとうとう中学生やねえ。どう、制服、似合《にお》うとる？　ちょっとスカート丈《たけ》、短《みじこ》うしたわ」

「今日、げじ嫌《いや》なことあったん。由宇、聞いてくれる？」

由宇、由宇、ゆうちゃん、ゆうちゃん。

「璃子……璃子……やだ、死なないで。待ってて、すぐ、救急車呼ぶから。すぐに病院に連れていくからね」

璃子、璃子。

由宇、由宇、由宇……、化け物！

心臓が縮まった。思わず、璃子から離《はな》れる。

「来るな、化け物」

あの叫《さけ》びが生々しく響《ひび》く。

あたしは……化け物？　璃子、あんたにはそう見えたん。

今度は戸惑《とまど》いも狼狽《ろうばい》もなかった。胸の内も騒《さわ》がない。

やはり、そうか。

冷えた想《おも》いが駆《か》け抜《ぬ》ける。

やはり、あたしは化け物なのか。

女でなく男でなく、人でさえない。璃子は死の間際《まぎわ》に溝口由宇の正体を知ったのだろうか。指先から力がするすると抜《ぬ》け落《お》ちていく。

もう、立ち上がれない。

由宇は璃子の傍《かたわ》らにしゃがみ込《こ》んだ。

もう。立ち上がれない。いや、立ち上がらないほうがいいのだ、きっと。このまま、璃子といっしょにいればいい。一人にしたら、璃子が淋《さみ》しがる。

ねえ、璃子、そうよなあ。あたしがいたほうがええよなあ。ねえ、見てよ。あたし、化け物なんかじゃないやろ。違《ちが》うよなあ。あんたの親友の……ちっちゃなときからずっと友だちの由宇よなあ。そうだって言《ゆ》うて。なあ、言うてよ。いつもみたいに、明るく笑いながら、あたしの頭をぽんぽん叩《たた》いてよ。

「由宇、由宇、ごめんな。変なこと口走ってしもうて。冗談《じょうだん》やから、気にせんといて」と言うてよ。そしたら、あたしも笑えるから。

「璃子の毒舌《どくぜつ》にはとっくに慣れっこだからね。もうええわ」

なんて、笑ってうなずいたりできるから。

璃子、お願い。

風が吹《ふ》く。血の匂《にお》いが青葉の香《かお》りを覆《おお》ってしまう。

芳《かぐわ》しい。

血って、こんなにも芳しい匂いを放つのか。

知らなかった？　知っていた？　どっちだろう。

「由宇」

背後で誰《だれ》かが呼んだ。

振《ふ》り向《む》き、由宇は叫《さけ》んだ。

「母さん」

瑞恵が立っていた。

立って、娘《むすめ》を見下ろしていた。

「母さん」

母の胸に飛《と》び込《こ》んでいく。

「母さん、母さん、母さん」

母の肩《かた》に頬《ほお》を押《お》し当《あ》てる。首筋に額を押し当てる。両腕《りょううで》を腰《こし》に回し、母の匂いを嗅《か》ぎ、何度も呼ぶ。肌《はだ》に伝わってくる熱を、心臓の鼓動《こどう》を、香《かお》りを確かめる。

温かい。

生きている者の温かさだ。生きている者の温かさと柔《やわ》らかさと心臓の律動だ。

「母さん……璃子が……璃子が……」

嗚咽《おえつ》が込《こ》み上《あ》げてくる。抱《だ》き締《し》めてほしかった、温かく柔らかな手で力一杯《ちからいっぱい》抱き締めてほしかった。母に埋《うず》もれて、泣きたかった。

幼稚園《ようちえん》の帰り道、転んで手のひらを擦《す》りむいたとき、小学校に入学したてのころ、大きな犬に吠《ほ》えかけられて足が竦《すく》んだとき、隣《となり》の市のショッピングモールで迷子になりかけたとき、その痛みを恐怖《きょうふ》を辛《つら》さを癒《い》やすために、いつもこの胸を求めた。

もう幼い子ではないけれど、今は縋《すが》りつきたい。

母さん、母さん、母さん。

「璃子が血を出して……動かなくて……」

「みんな死んだわ」

凍《い》てる風に似た声だった。心身が凍《こお》りつく。

今のは誰《だれ》の声？　母さん？　まさか。

顔を上げる。

背丈《せたけ》はほぼ同じだ。

視線が真《ま》っ直《す》ぐにぶつかってきた。

声音《こわね》と同じ、凍《い》てついた眼差《まなざ》しだった。あらゆる感情が凍結《とうけつ》し、僅《わず》かも動かない。氷なら融《と》けるだろうが、瑞恵の眼《め》は永久に凍《こお》ったままのように思えた。どうしてだか、そう思えた。

母は光子銃《こうしじゅう》を操《あやつ》っていた。それで男たちを撃《う》った。そのことに思《おも》い到《いた》る。

「母さん……」

腕《うで》を離《はな》し、身体《からだ》を引く。母との間に、僅かな隙間《すきま》ができた。

「今、何て……言《ゆ》うたの」

「みんな、死んだ。璃子ちゃんだけじゃなく、谷山《たにやま》さんも真左子《まさこ》さんも……みんな死んだでしょうね。確かめてはいないけれど」

まるで感情のこもらない、どこかうつろにさえ響《ひび》く口調だ。母親のこんな物言いを初めて耳にした。

「秋良は！　龍平はどうしたんよ！」

頭を左右に振《ふ》る。もう一度、母に縋《すが》りつく。

「なあ、母さん。秋良は龍平はどうなったの」

あの二人を置いてきた。破壊《はかい》され、敵がなだれ込《こ》んできた家に、置いてきた。

「うわあっ」、「龍平！」。龍平の悲鳴と秋良の叫《さけ》びが続いた。銃声《じゅうせい》とガラスの砕《くだ》ける音がした。修羅場《しゅらば》に、二人を残したまま逃《に》げた。

「わからない。でも……」

瑞恵も静かにかぶりを振《ふ》った。

「生きている確率は、ほとんどないと思う」

「確率？　母さん、何を言《ゆ》うとんの。確率って何？　あたしは、秋良と龍平がどうなったか知りたいの。確率なんて関係ない」

「由宇、どこに行くつもり」

瑞恵が手首を握《にぎ》ってきた。細い指が食《く》い込《こ》んでくる。

「放して。帰る。あの二人を助けなきゃ」

「馬鹿《ばか》なこと言わないで。やっと逃げてきたのに戻《もど》るなんて、できるわけないでしょ」

「だったら、どうなるの。秋良は、龍平はどうなるんよ」

「諦《あきら》めなさい」

指の力がさらに強くなる。手首を摑《つか》まれたまま、由宇は母を見た。まじまじと凝視《ぎょうし》した。

アキラメナサイ。

何、それ？　何を諦《あきら》めるの。秋良を、龍平を諦めろとそういう意味？　まさか、まさかね。

「諦めなさい」

瑞恵が繰《く》り返《かえ》す。

「誰《だれ》も生き残ってはいない。あいつらが、容赦《ようしゃ》などするものですか」

「あいつら……あいつらって誰よ？　そうだよ、母さん。何で、何でこんなことになったの。どうして璃子が」

身をよじり璃子に目をやる。

璃子ではなく、かつて璃子だったものが転がっていた。闇《やみ》に沈《しず》んで、輪郭《りんかく》がはっきりしない。死ねば人は闇に融《と》けてしまうのだろうか。融けて、腐《くさ》って、土に還《かえ》るのだろうか。闇に呑《の》み込《こ》まれるのだろうか。

「行くわよ」

瑞恵が腕《うで》を引っ張った。

「母さん、答えて。何が起こったの。母さんは、こうなることを……こうなるってことを、わかっとったの」

「由宇、時間がないの。こんなところでぐずぐずしていられないのよ、逃《に》げるのよ、早く」

「嫌《いや》。わけもわからず逃げ回るなんて、もう嫌っ。母さん、璃子が死んじゃったんだよ。璃子が……。龍平も、秋良もどうなったかわからなくて……。嫌だ、諦《あきら》めるなんてできない。龍平も秋良も、まだ生きてるかもしれないが。生きて、助けを待ってるかもしれないが。あたし、帰る。放っておけるわけがないで」

最後まで言えなかった。

頰《ほお》が鳴る。肉を打つ音が響《ひび》く。

由宇は頰を押《お》さえ、二、三歩、よろめいた。目を瞠《みは》り、母を見詰《みつ》める。全身にできた傷がいっせいに痛みを増す。ずくずくと疼《うず》き、存在を主張する。

母に打《ぶ》たれたのはいつ以来だろう。

記憶《きおく》がない。

記憶の中の母は、いつも穏《おだ》やかで、淋《さみ》しげで、可憐《かれん》でさえあった。大笑いすることも、騒《さわ》ぐことも、まして怒《ど》鳴《な》ることなどめったにない。父もそういう人だったから、家はいつも静かで落ち着いた空気が漂《ただよ》っていた。それが心地《ここち》よいときも、物足りないときもあった。璃子たちがやってきて空気が攪拌《かくはん》され、賑《にぎ》やかになる。若い騒々《そうぞう》しさを父も母も楽しんでいたようだ。微笑《ほほえ》みながら、見ていてくれた。

まさか、母に打《ぶ》たれるとは思ってもいなかった。あれほどすさまじい暴力を経験した後なのに、平手の一打に身が竦《すく》む。

「いいかげんにしなさい」

瑞恵の眦《まなじり》が吊《つ》り上《あ》がった。

「あいつらのやったこと、その目で見たでしょ。人家を爆破《ばくは》することも、人を殺すことも何とも感じない連中なのよ。そういうやつらの中にのこのこ引き返すつもり?」

唾《つば》を呑《の》み込《こ》んだ。「そういうやつら」より、母の冷えた物言いを怖《こわ》いと感じた。

「……警察、そうだ、警察に連絡《れんらく》して」

「無駄《むだ》よ」

「どうして、人殺しだよ。突然《とつぜん》、あんな、あんな真似《まね》をして。母さん。どうして110番しないの。スマホ、持ってるでしょ。今すぐに連絡して、早く」

「由宇」

ふっと口調を和《やわ》らげ、瑞恵は息を一つ吐《は》き出《だ》した。

「何か聞こえる?」

「え？」

「耳を澄《す》ましてみなさい。何か音がしてる？」

「音……」

耳に届いてくるのは、風に擦《こす》れる葉音と蛙《かえる》の声、それに林の奥《おく》から微《かす》かに響《ひび》いてくるアオバズクの鳴き声だけだ。ほかには何も聞こえない。いつもの稗南《ひなん》の夜だった。

「あ」

口に手を当てる。瑞恵が深くうなずいた。

「そうよ。やっと気が付いた？　あれだけの騒《さわ》ぎがあったのに、静かでしょ。いくら田舎《いなか》とはいっても、近所に家がないわけじゃない。誰《だれ》かが気が付いて、警察に通報はしたはず。家が燃えてるんだもの当然よね。でも、パトカーも救急車も消防車も来ないの。止められているからよ」

「止められているって……どういう意味？」

「そのまま。しばらくは稗南に近づくな。通報があっても動くなって命令されているの。だから、警察も消防署も来やしないの」

「命令？　誰がそんな命令をするの」

「国よ」

瑞恵が視線をそらせる。由宇はもう一度、唾《つば》を呑《の》み込《こ》んだ。

「あの連中の後ろには、国が控《ひか》えているの。だから、何でもできるのよ。今夜のことだって、きっと……何も起こらなかったってことに、何もなかったってことになるわ」

「母さん」

由宇はこぶしを握《にぎ》り締《し》めた。璃子の血がついた手のひらが、ぬめぬめと滑《すべ》る。

母さんと呼んでから、その後に続く言葉が出てこない。

何も起こらなかった？　何もなかった？

そんな馬鹿《ばか》な。そんなことが許されるわけがない。

璃子は死んだ。殺されたのだ。突然《とつぜん》に殺された。璃子の両親も殺された。秋良と龍平も襲《おそ》われて……。それをなかったことにしてしまう？

馬鹿な、馬鹿な、ありえない。

「ありえんよ、母さん」

「ありうるのよ、由宇。わたしたちは国家に狙《ねら》われている。国の中枢《ちゅうすう》にある権力がやろうと思えば、たいていのことはできるの。小さな町の事件なんかもみ消すのは、簡単なのよ。それが証拠《しょうこ》に真実は絶対に明らかにならないわ。たぶん、そうね……民家が全焼《ぜんしょう》し、焼《や》け跡《あと》からいくつかの焼死体《しょうしたい》が発見された。そんな事件として処理されるはずよ。一時はマスコミも騒《さわ》ぐかもしれないけど、すぐに忘れる。この国のほとんどの人たちの記憶《きおく》には掠《かす》りもしないでしょうよ」

「殺人よ。そんなこと、あるわけないが」

瑞恵がまたため息をつく。

「もういいわ。ともかく、今は逃《に》げるの」

「逃げるって、どこへ」

「遠くよ。ここから一秒でも早く、離《はな》れるの。さっさとしなさい」

「待って。璃子は、璃子はどうするの」

「放っておきなさい」

にべもない答えが返ってきた。母の言葉とは信じられない。

「璃子をこのままになんかしとけない。連れていく」

「生きているなら、そうしなさい。でも」

瑞恵の眉間《みけん》に深い皺《しわ》が寄った。

「あれはただの死体。石や枯《か》れ木《き》と大差ないわ。放っておくしかないでしょ。どこにも運ぶ場所なんてないんだから」

「でも……でも……」

頭の中で思考がぐるぐる回る。回るだけで、少しもまとまらない。璃子の、秋良の、龍平の姿が浮《う》かんでは消え、また浮かんでくる。三人とも屈託《くったく》なく笑っていた。

だめだ。置いてなんかいけない。

バシッ。また、頬《ほお》を打《ぶ》たれた。

「死にたいの？　ここでぐずぐずしてたら、同じになるのよ」

瑞恵が璃子に向かって、顎《あご》をしゃくった。

あんなふうになる？　マネキンみたいに転がって、血を流して、ぴくりとも動かなくなる。

嫌《いや》だ、死にたくない。

激しい想《おも》いが突《つ》き上《あ》がってきた。全身が震《ふる》える。

死にたくない。生きていたい。まだ、生きていたい。

「行くわよ。いったん、道に出て川沿いを歩くの。それから、山越《やまご》えして隣町《となりまち》に出ましょう。そうしたら何とか逃げ切《にき》れるかもしれない。何とか……」

瑞恵の頭の中には逃走《とうそう》のためのルートが入っているようだ。由宇は奥歯《おくば》を嚙《か》み締《し》め、母の後に続いた。

歩くたびに思考力が零《こぼ》れ落《お》ちていく。

璃子たちの姿が薄《うす》れていく。

意識が薄れていく。

涙《なみだ》だけが流れ落ちる。止まらない。涙は流れ流れ、頬《ほお》の傷にひりひりと染《し》みた。その痛みが、かろうじて正気を保たせる。

「母さん」

「黙《だま》って。しゃべると体力を消耗《しょうもう》するわ。黙って歩くの」

「母さんは何者なん」

一瞬《いっしゅん》、瑞恵の脚《あし》が止まった。一瞬だけだ。すぐにまた歩き始める。

「どうして、あたしのいる所がわかったん？　約束したわけでもないのに、あたし自身夢中で逃げて、気が付いたらあそこにいたのに、どうして、母さんはあたしを見つけられたんよ」

「そんな話は後にしなさい」

「あの男たちの正体知っとるよね。後ろに国が付いてるって言《ゆ》うたよね。だったら母さんは、この国と戦っとるの？　それは……」

雑木林を抜《ぬ》けた。山裾《やますそ》に沿って延《の》びる道に出る。一車線の細道だが、稗南の町を最短で突《つ》っ切《き》ることができるので、朝夕はわりに交通量がある。

「それは、父さんの遺《のこ》したあの……X－01って言葉、あれと関わりあるんやね？」

振《ふ》り返《かえ》りもせずに、瑞恵は吐《は》き捨《す》てた。

「後にしなさいって言ってるでしょ」

「後っていつよ」

心の中で何かが切れた気がする。ブッと鈍《にぶ》い音が耳の奥《おく》でした。幻聴《げんちょう》だろうか。しかし、その音とともに感情の抑制《よくせい》が利《き》かなくなった。由宇はその場にしゃがみ込《こ》み、顔を覆《おお》った。

「教えてよ。教えて。何で……何で黙《だま》ってるの。母さん、こんなの嫌《いや》だよ。あたしは、嫌……何にもわからないまま、逃《に》げ回《まわ》るだなんて……、そんなの耐《た》えられんよ」

死ぬのは怖《こわ》い。でも、わけのわからないまま死ぬのは、もっと怖い。何でこんな目に遭《あ》うのか。何が起こったのか。この先、何が起ころうとしているのか。真実の一端《いったん》でも摑《つか》みたい。

「由宇、立って」

また、腕《うで》を引っ張られる。

「これを」

手の中に白い封筒《ふうとう》が押《お》し込《こ》まれた。かなりの厚さだ。あて名も差出人もない定形の封筒はざらついた和紙の感触《かんしょく》がした。

「……手紙」

「ずいぶんとアナログでしょ。でも、これなら機器はいらない。どこでも簡単に読めるわ。何より感知されることも、勝手に書《か》き換《か》えられる心配もない。盗視《とうし》される危険性も低いの。ふふ、結局、そういうものが一番、安心で安全なわけ。皮肉よね」

「ここに全部が書いてあるの？」

「だと思う」

「思うって、母さん……」

ふっ。瑞恵が笑った。見慣れた穏《おだ》やかな笑《え》みだった。

「それを書いたのは、佳晴《よしはる》さんなのよ」

「父さんが」

「ええ、亡《な》くなる数日前に、これをおまえから由宇に渡《わた》してくれって。渡す時期はおまえに任せるって、そう言われたの。わたしが受け取ったときには、もう封《ふう》がしてあった。だから、内容は見てない。想像はつくけれど……」

そこで瑞恵は大きく頭を振《ふ》った。一つに束ねた髪《かみ》が、ぱさぱさと乾《かわ》いた音を立てる。

「でも、由宇、逃《に》げなくちゃ。今はともかく逃げなくちゃならないの。わかって」

由宇は立ち上がり、父の手紙を握《にぎ》り締《し》めた。それから、ジーンズのポケットに深く突《つ》っ込《こ》む。

「行きましょ」

「うん」

由宇がうなずいたとたん、周りが明るくなった。

車のヘッドライトだ。

曲がりの多い道の向こうから、一台の車が走ってくる。いちおう舗装《ほそう》はしてあるものの、あちこちに穴の開いた悪路を揺《ゆ》れながら近づいてきた。

「しまった。由宇、逃げて、早く」

瑞恵が庇《かば》うように、由宇の身体《からだ》を押《お》した。

「敵よ。先回りされた。逃げるのよ、早く」

「違《ちが》うよ」

「え?」

「あれは敵じゃない。稗南の人だよ」

瑞恵の喉《のど》がくぐもった音をたてた。

「どうして……わかるの」

「殺気を感じないもの」

由宇は光の中で目を細めた。

何も感じない。

あの男たちが発していた荒々《あらあら》しい気配はどこにもなかった。

車が、止まる。

「ありゃ、溝口の奥《おく》さんと由宇じゃないけ」

運転席の窓が開いて、初老の男の顔がのぞく。開けた口の中で金歯が光った。丸顔で垂れ目。人の好《よ》さをそのまま映した顔様《かおざま》だ。

「まあ、坂上《さかがみ》さん」

「おじさん」

母と娘《むすめ》の声が重なった。

スクールバスの運転手だった。いつも、おじさんとしか呼んでいなかった。坂上という名だったのか。

「あんたら……」

由宇と瑞恵にさっと視線を走らせ、坂上は口をつぐんだ。喉元《のどもと》が上下する。

「その形《なり》……どうしんさった」

由宇のTシャツは血で汚《よご》れていた。手のひらもジーンズも汚れていた。血の匂《にお》いが立ち上る。

璃子の血だ。

瑞恵もあちこちに血を滲《にじ》ませている。スカートの端《はし》にも飛び散っていた。それが敵のものなのか、瑞恵自身のもののなのか見分けられない。ただ、やはり濃《こ》く匂う。

「山でケガをしたんか」

坂上がドアを開けて出てきた。

「そうなんです。山で迷って、崖《がけ》から落ちてしまって」

瑞恵が早口で告げた。続けて、問いかける。

「坂上さん、これから町に帰るところですか」

「あ？　ああ、うん、そうやが。病院に友だちが入院したけえ、見舞《みま》いに行った帰りや。ついつい話《はな》し込《こ》んで遅《おそ》うなってしもうて」

「道、大丈夫《だいじょうぶ》でしたか」

「うん？」

「変わったこと、なかったですか」

「変わったことて……いや、別に何も気ぃつかんかったけどなあ。事故があったとか、路肩《ろかた》が崩《くず》れたとか、そういうことやろ?」

瑞恵が屈《かが》み込《こ》んでいた身体《からだ》を起こした。

何とかなるかもしれない。

母の声にならない声を由宇は確かに聞いた。

「あんたら、ひでえケガやないんか。大丈夫《だいじょうぶ》なんか。救急車とか呼ぼうか。いや、それより、おれが病院まで運んだるわ。そのほうが、早いかもしれんで。さっ、乗り」

坂上が運転席に乗り込み、後部座席を指差す。

「すみません。助かります」

瑞恵がドアを開け、入り込む。

え?

由宇は一瞬《いっしゅん》、躊躇《ちゅうちょ》した。

大丈夫なのか。あの男たちの動きが読めないのだ。下手をすれば、坂上まで巻き込んでしまう。その可能性がないとは言い切れない。

危ない。しかし……。

これで歩かずにすむ。もしかしたら、眠《ねむ》れるかもしれない。

身も心も疲《つか》れ切《き》っていた。

めまいもする。吐《は》き気《け》もある。脚《あし》は強張《こわば》って、指先は痺《しび》れていた。

疲れた。疲れた。ゆっくり休みたい。

古いセダンの座席は、どんな高級ベッドより心地《ここち》よく思えた。

「由宇ちゃん、どうした？　遠慮《えんりょ》しとる場合やないが。乗りぃ。病院で手当てしてもらわんと」

「はい……お願いします」

瑞恵の隣《となり》に座《すわ》る。思わず大きく息を吐き出していた。

「よし、行くぞ」

僅《わず》かな空き地を利用して、坂上は器用に車の向きを変えた。急加速する。タイヤが砂利《じゃり》を噛《か》む音がして、狭《せま》い田舎道《いなかみち》を猛《もう》スピードで走り出した。

「お、おじさん。飛ばしすぎやないですか」

「はは、だろ。こう見えても、わしな、若いころはけっこうブイブイ言わせてたんやで」

「はあ、ブイブイですか」

「そうや。車の運転が好きで、かっ飛ばすのが好きで、仲間とつるんでよう走り回っとったわ。おふくろに、何度、泣かれたことか」

「そんなふうには見えんかったけど」

ごく当たり前の会話を交《か》わしている。それが、信じられない心地《ここち》がした。当たり前の世界は、まだ存在しているんだ。

「ははは、もう何十年も前のことやで。今は町の嘱託《しょくたく》の運転手やからな。おとなしゅうしとかんと。ま、わしのことはええけど」

坂上はミラーをちらりと見やり、ハンドルを右に回した。

「あんたらはどうしたんやで？　何でそんなケガをしとるんや。普通《ふつう》、こんな時分に山に行ったりせんやろが」

瑞恵が身じろぎする。

「ちょっと事情があったものですから」

「事情って……、ああ、そう言えば溝口さん、ご亭主《ていしゅ》が亡《な》くなられたんやてなあ」

「はい、今日が葬儀《そうぎ》でした。とはいっても、遺言《ゆいごん》でわたしと娘《むすめ》だけで見送ったんですけど」

「そうかあ。そりゃあご愁傷《しゅうしょう》さまでしたなあ。辛《つら》いこって」

「いえ、覚悟《かくご》はしてましたから」

「長いこと患《わずろ》うておられたんやもんなあ」

「そうですね。本人も余命はわかっていたみたいです」

「ほんまけ。そりゃあ、辛いわなあ。けど、うちの親父《おやじ》もそうやったで、長く患うとると、早《はよ》う楽になりたいて思うこともあったみたいでなあ。人の寿命《じゅみょう》ちゅうのはわからんけど、やっぱ元気で、健康でそこそこの年まで生きていきたいっちゅうて考えるわな」

「ええ、ほんとに」

父の死と由宇たちの姿をどう結びつけたのか、坂上はもう何も問うてこなかった。

「ほんとにねえ」

瑞恵がしみじみとした口調で繰《く》り返《かえ》す。坂上に話を合わせているのは明らかだ。

由宇は痛いほど強く力を込《こ》め、唇《くちびる》を結んだ。

健康でそこそこの年まで生きていきたいっちゅうて考えるわな。

坂上の言葉を噛《か》み締《し》める。

璃子は生きられなかった。

秋良も、龍平も、谷山のおじさんも、おばさんもみんな生きられなかった。唐突《とうとつ》に理不尽《りふじん》に命をもぎ取られた。

あたしに関わったから？

あたしに関わったから、みんな死んだの。死ななくてもいい人たちが、無残に殺されたの。

璃子、秋良、龍平。

X－01。そして、ラタ。

人が死ぬ。人が死ぬ。人が死ぬ。いとも容易《たやす》く殺されていく。命なんて羽毛《うもう》より軽いじゃないか。

この国でそんなことが起こっていいの。ねえ、いいの。

わからない。あたしにはわからない。

わかっているのは、誰《だれ》？

「わしも家内よりは先に逝《ゆ》きたいと思うとるんやね。一人残るんやったら、女のほうがだいぶ有利だけんなあ」

「でも、有利とか不利とかあるんですか」

「そりゃあ、あるんじゃねえか。ご亭主《ていしゅ》が死んできれいになった女房《にょうぼう》さんって話はよう聞くけど、女房が亡《な》くなった後にかっこようなったご亭主なんてのは、めったに聞かんでなあ」

「確かに、言われてみたらそんな気がしてきました」

母と坂上のやりとりが遠のいていく。

瞼《まぶた》が重くてたまらない。

由宇は母の肩《かた》にもたれ、目を閉じた。


「由宇ーっ」

璃子が呼んでいる。

大きな麦藁帽子《むぎわらぼうし》をかぶり、白い袖《そで》なしのワンピースを着ていた。

「うわっ、璃子。おしゃれして。どうしたんよ」

「ふふ、どう、似合う?」

璃子がくるりと身体《からだ》を回した。ワンピースの裾《すそ》が広がり、白い花が花弁を開いたようだ。

「うん、すごく似合《にお》うとるよ。女優さんみたいやね」

「ほんまに?　由宇、ありがとう。そうだ、由宇の分もあるんだよ。ちゃんと用意しとるの」

いつの間にか璃子の手には白いドレスが握《にぎ》られていた。璃子の着ている物とおそらく同質だろう光沢《こうたく》のある美しい布だ。

「これをあたしに?」

「そう。あたしがデザインしたワンピースだよ。由宇のイメージで作ったの。袖《そで》、パフスリーブなんよ。可愛《かわい》いやろ。きっと似合うよ。着てみてや」

由宇は白いドレスをしばらく見詰《みつ》めた。

「由宇っておしゃれにあんまり関心がないでしょ。着る物とかにも無頓着《むとんちゃく》じゃし。それじゃ、あかんからね。ほら、どんどんおしゃれしようや。若いんやから」

「うん、でも……ええわ」

璃子に返す。袖に付いたフリルが揺《ゆ》れて、蝶々《ちょうちょう》のように見えた。

「気にいらんの?」

「ううん。すごくすてきだと思う。でも、あたしは……」

「着たくないいん?」

「うーん、そういうんじゃないんやけど」

着たい、着たくないではなく、そぐわない気がする。うまく説明できないが、白く美しいドレスは自分の衣装《いしょう》ではない。

そう思う。思ってしまう。

「そうか……だめか」

璃子が長いため息を漏《も》らした。

「やっぱり、だめなんだね」

「璃子、ごめん」

「謝《あやま》ることなんてないよ。けど」

璃子は目を伏《ふ》せ、麦藁帽子《むぎわらぼうし》を深くかぶり直した。表情が窺《うかが》えなくなる。薄茶色《うすちゃいろ》の帽子の縁《ふち》から唇《くちびる》だけがのぞいていた。リップクリームをつけているのか、妙《みょう》にてらてらと光っている。

光る唇は僅《わず》かも動かない。

それなのに、璃子の声が聞こえた。地から這《は》い上《あ》がってくるように感じられ、由宇は思わず足元を見やった。

「けど、それじゃあいっしょに行けれんね。淋《さみ》しいよ、由宇」

「え？　いっしょにって？　どこに行くん」

「いいや、みんながいるから。由宇が来なくてもいいよ」

「みんな……」

「みんないるんだよ。いっしょに行くんだよ。秋良も龍平も父さんも母さんもみんないっしょ。

みんな、白い衣装《いしょう》を着てくれたけんね。ほら」

璃子が身体《からだ》をずらす。

背後に丘《おか》があった。薄緑色《うすみどりいろ》の和草《にこぐさ》が茂《しげ》っている。その頂に白い服の一団が立っていた。

「秋良、龍平！」

秋良も龍平もくるぶしまで隠《かく》れるようなガウンを身に着けている。その後ろには谷山夫妻が同じような恰好《かっこう》で寄《よ》り添《そ》っていた。みんな、純白の衣装だ。

「由宇は着ないんやて。いっしょに来ないって」

璃子が白いドレスを投げ捨てる。くるりと身体を回し、丘に向かって駆《か》けていく。後を追おうとしたけれど前に進めない。

透明《とうめい》な壁《かべ》に阻《はば》まれている。

「璃子、璃子、待って。どこに行くん」

璃子が立ち止まり、首だけ振《ふ》り向《む》いた。

「あんたは来れんよ、由宇。あたしの衣装を着ないんだもん。いっしょには来られんわ」

「璃子、待って。それ、どういう意味よ。どこに行くの」

あはははと、璃子が笑った。唇《くちびる》がさらに艶《つや》を増し、光る。

「かわいそうにねえ。いっしょに来られないなんて、由宇、あんた、ほんまにかわいそうな人や」

「璃子」

「あんた、自分がどれくらいかわいそうなんか、どれくらい独りぼっちなんか気が付いてないんよねえ。ほんま」

璃子はそこで肩《かた》を竦《すく》めた。

「アホやねえ。この世で独りぼっちになるなんて、かわいそうでアホやわ。あはははは。でも、しょうがないよね。あはははは」

唐突《とうとつ》に笑いを止《や》め、璃子はまた背を向けた。後ろ姿のまま、ひらりと手を振《ふ》る。

「あんたにはドレスより、そっちのほうが似合《にお》うとるんよな」

「え？」

足元に視線を落とし、由宇は目を瞠《みは》った。眦《まなじり》に痛みを感じたから、よほど大きく開いたのだろう。

白いドレスは跡形《あとかた》もなく消えていた。

一振りの剣《けん》が横たわっていた。

両刃《りょうば》の大刀《だいとう》だ。装飾《そうしょく》のたぐいはいっさいない。抜《ぬ》き身《み》のまま蒼白《あおじろ》く光を放っていた。手が伸《の》びる。柄《つか》を摑《つか》む。ずしりと重い感触《かんしょく》が伝わってきた。しかし、その重みはすぐに消えて、鹿革《しかがわ》を巻いた柄が手のひらにぴたりと馴染《なじ》んでくる。まるで手品のようだ。

あたしはこれを、思うがままに動かせる。

確信できた。

あはははは。

璃子の笑い声が微《かす》かに耳朶《じだ》に触《ふ》れた。顔を上げる。

誰《だれ》もいなかった。

丘《おか》の上には誰の姿もない。ただ、草の葉先が風になびいているだけだ。

あはははは、あはははは。

誰もいないのに、璃子の声だけは響《ひび》いてくる。風に乗って、微かに響いてくる。

誰もいない。

叫《さけ》ぼうとした。呼ぼうとした。親友たちの、幼馴染みたちの、仲間たちの名前を叫び、呼ぼうとした。とたん、背中に衝撃《しょうげき》がきた。肉の裂《さ》ける音がする。それは地鳴りのように低く、重く、体内にこだました。

声などあげられない。

何……。

由宇は自分の胸から突《つ》き出《で》ている刃《やいば》を見た。

何よ、これ。

刃先《はさき》から血が滴《したた》る。

敵だ。

その一言が轟《とどろ》く。璃子の笑い声も衝撃音《しょうげきおん》も蹴散《けち》らしてしまう。

敵だ。敵だ。敵だ。


身体《からだ》が跳《は》ねる。

微《かす》かに煙草《たばこ》の臭《にお》いを嗅《か》いだ。

「どうも、これだけはやめられんでねえ」

窓を開け煙《けむり》を外に吐《は》き出《だ》し、坂上が「すまんね」と詫《わ》びる。

「そんな、わたしたちは乗せていただいてるんですから」

「文句は言えんてか。けど乗せたんは、わしやから。こういうの……えっと、受動喫煙《きつえん》てか、こういうの、やっぱりいかんよなあ。うちの女房《にょうぼう》だったら、一発ぶん殴《なぐ》られて、箱ごと取り上げられとるで」

「あら、奥《おく》さん、そんなに怖《こわ》い人じゃないでしょ」

「それが怖いんよ。禁煙せんのだったら離婚《りこん》するとまで言われてしもうてなあ。怖い、怖い」

「まあ、坂上さんたら」

大人二人ののんきにも聞こえる会話は、まだ続いていた。眠《ねむ》っていたのは、ほんの短い時間だったようだ。

由宇は胸に手をやった。

乳房《ちぶさ》の感触《かんしょく》がした。それだけだ。血で汚《よご》れているけれど、それは由宇のものではない。すでに固まりかけ、滴《したた》りも流れもしない。むろん、刃《やいば》の先などどこにもない。しかし、あの警告だけは耳奥《みみおく》に残り、唸《うな》り続《つづ》けていた。

敵だ。敵だ。敵だ。敵だ。敵だ。敵だ。

「止まって」

身を乗り出し、坂上の肩《かた》を摑《つか》む。

「わわわわっ、な、何するんや」

急ブレーキがかかる。

「危ない！」

瑞恵が腰《こし》を抱《かか》えてくれなければ、完全に身体《からだ》のバランスを失っていた。フロントガラスにぶつかっていたかもしれない。

「由宇ちゃん、危ないやないか」

坂上の口調に怒気《どき》が混ざる。

「運転中に何をするんやね。事故になるやないか。みんな、死んでしまうぞ」

ミンナシンデシマウゾ。

いいえ、おじさん、死ぬわけにはいかんのよ。

死ぬわけにはいかない。生き延びるのだ。

「これ以上進んではだめ。車を降りて」

「はあ？　由宇ちゃん、何を言《ゆ》うとるんや。寝《ね》ぼけとるんか」

「降りて、早く。母さんもぐずぐずしないで」

瑞恵の反応は早かった。後部座席から飛び降り、運転席のドアを開ける。その間に、由宇も外に出た。

「坂上さん、出て。ここは危ない。早く」

「え？　え？　二人そろってどうしたんや」

「早く！」

瑞恵が無理やり坂上を引きずり出す。

「ちょっ、ちょっと溝口さん。あんたなあ」

「逃《に》げて。この道を引き返してください」

「だめだ。遅《おそ》すぎた」

由宇は道の先に目を凝《こ》らし、呻《うめ》いた。

「気づくのが遅すぎたよ、母さん」

その呟《つぶや》きと同時に、急にあたりが明るくなった。サーチライトだ。小型ではあるが家庭用のライトとは比べようもない強烈《きょうれつ》な光が、由宇たちを照らし出す。

その光の向こうに、黒い影《かげ》がいくつも立っていた。

「ここまでだ。鬼《おに》ごっこは終了《しゅうりょう》としよう」

男の声が告げる。

感情も抑揚《よくよう》もない声だ。闇《やみ》だけが少し揺《ゆ》らいだ。

「……な、な、何や。これ……」

坂上の身体《からだ》が震《ふる》え始《はじ》めた。異様な雰囲気《ふんいき》が恐怖《きょうふ》を掻《か》き立《た》てる。

「すみません。やはり巻《ま》き込《こ》んでしまった」

瑞恵が呟《つぶや》く。

「こうなるかもって思っていたのに、疲《つか》れていて、休みたくて……もしかしたらって甘《あま》いこと考えてしまって……ごめんなさい」

「は？　何のこっちゃ、さ、さっぱりわけが。ひえっ」

坂上が悲鳴を上げて、のけぞった。

銃声《じゅうせい》と共に、フロントガラスが砕《くだ》けたのだ。

「あああああ、た、助けてえっ。ひ、人殺しだあっ」

坂上が悲鳴を上げ、身を翻《ひるがえ》す。

「危ない」

瑞恵が坂上にぶつかっていった。

「うわわわっ」

坂上はそのまま、道路わきの田んぼに頭から突《つ》っ込《こ》んだ。瑞恵の身体《からだ》が跳《は》ね、地面に叩《たた》きつけられる。

「母さん」

転がった瑞恵は顔を上げ、左右に振《ふ》った。

「逃《に》げて……逃げて、由宇。早く……」

「母さん」

「来ないで……逃げなさい。逃げて……」

そこまでだった。瑞恵の頭が倒《たお》れる。地面に突《つ》っ伏《ぶ》したまま、静かになる。由宇は瞬《まばた》きもできず立《た》ち竦《すく》んでいた。

「抵抗《ていこう》するな。抵抗すれば容赦《ようしゃ》はしない」

抵抗？　あたしたちがいつ、抵抗なんてした？　ただ、死にたくなくて逃げただけじゃない。

「動くな。動けば撃《う》つ」

銃口《じゅうこう》が向けられた。一つ二つではない。

瑞恵が呻《うめ》いたような気がした。幻聴《げんちょう》かもしれない。

母さん。

ライトに照らされた母は妙《みょう》に平べったく目に映った。地面に必死に貼《は》りついているみたいだ。

母さん。

不意に涙《なみだ》が溢《あふ》れた。驚《おどろ》くほど熱い。

怖《こわ》いからじゃない。悲しいからじゃない。あたしはおびえても、悲しんでもいない。

あたしは憤《いきどお》っている。

この男たちに、身が焼《や》き尽《つ》くされるほど憤っている。

涙が熱い。血が熱い。身体《からだ》が熱い。

この男たちがあたしから奪《うば》ったんだ。

璃子を、秋良を、龍平を奪った。当たり前にあったものを、普通《ふつう》の暮らしを、他愛無《たあいな》いやりとりを、たいせつな時間を奪った。

許せない。

由宇はゆっくりと手を広げた。手のひらの血はすでに黒ずみ、乾《かわ》こうとしている。

璃子の中で流れていたときは、どんな色をしていたのだろう。鮮紅色《せんこうしょく》の美しいものだったのか。深い紅色《べにいろ》だったのか。

許せない。

こいつらは、みんな敵だ。

敵だ。敵だ。敵だ。敵だ。敵だ。敵だ。

敵ならば殲滅《せんめつ》させる。

ざわっ。手のひらが粟立《あわだ》つ。全身が粟立つ。血がさらに熱を増し、身体中《からだじゅう》を巡《めぐ》る。

「うあーっ」

声がほとばしる。喉《のど》を震《ふる》わし、夜を震わせる。

由宇は大地を蹴《け》って、空へと跳《と》んだ。

漆黒《しっこく》の闇《やみ》が一瞬《いっしゅん》、その華奢《きゃしゃ》な姿を呑《の》み込《こ》んだ。

3　生と死の交差する場所

「これを」

リャクランがテーブルの上に小瓶《こびん》を置く。

赤黒い液体が揺《ゆ》れた。

「何だ？」

クシカ将軍が眉《まゆ》を寄せた。

「わたしが調合した薬草酒です」

「酒か。確かに葡萄酒《ぶどうしゅ》に似た色をしているが……」

「お飲みになりますか。なかなかの味だと自負しております」

にやり。

リャクランが笑《え》む。ランプの明かりを受けて、その笑顔が珊瑚色《さんごいろ》に染まっていた。

永依国軍《えいこくぐん》の総指揮をとるクシカ将軍の天幕の中だった。

羊毛の絨毯《じゅうたん》の上に木製の卓《たく》が置かれている。絨毯も卓もきわめて質素なもので、装飾《そうしょく》も文様《もんよう》も施《ほどこ》されていなかった。

卓を囲むのは四人。クシカ将軍、その参謀《さんぼう》であるシュロイ・ハマ。そしてラタとリャクランだ。将軍の後ろには、兵士が一人畏《かしこ》まっている。石像かと見紛《みまが》うほど、微動《びどう》だにしない。

四人は四つの影《かげ》とも見えた。天幕の外を覆《おお》う闇夜《やみよ》から這《は》い出《で》てきたかのようだ。

影の一つが揺《ゆ》れた。

「おやめになったほうが賢明《けんめい》かと存じます、閣下」

ハマが主《あるじ》の腕《うで》を押《お》さえる。

「これが毒酒とでも？」

「その可能性はあります。かなり」

「おまえは自分の息子《むすこ》を信用していないのか」

「さよう。信用はしておりませんな。愛してはおりますが」

リャクランが肩《かた》を竦《すく》め、ラタに向かって片目をつぶる。

「ここ数ヵ月、わが屋敷内《やしきない》に大量の薬草が集められておりました。薬草だけでなく蛇《へび》だの虫だのが、あるものは生きたまま、あるものはミイラ化して運《はこ》び込《こ》まれたわけです。中には猛毒《もうどく》を有する種もございましたが。それを使って、わが愛する息子《むすこ》が何を作り上げたのか。まったく見当がつきませせぬ」

「ふふ、なるほど。おまえの息子はおれの毒殺を企《くわだ》てたわけか。それは、死刑《しけい》に値《あたい》する罪だな。首を落として三月と三日、野外にさらさねばならん」

「この瓶《びん》の中身が」

ハマの細い指が小瓶を摘《つま》み上《あ》げた。

「毒酒であるからといって、毒殺の企てとは繫《つな》がりますまい。これから合戦が始まろうかというこのとき、将軍暗殺を企てるほど息子は愚《おろ》かではないはず。何の利もございませんから」

「火国《かこく》と通じておるのかもしれん。指揮をとるわしが死ねば、永依国軍の力は半減する。それを狙《ねら》ったのではないか」

「軍力を減じたいのなら、ラタさまを狙うでしょう」

ハマがラタの前に小瓶を置いた。

「そのほうが効果は大きい」

将軍の隻眼《せきがん》が底光りする。

「おれではなくラタを、か。ずいぶんな言いようだな、ハマ」

「わたしはいつも、わたし自身の心に正直な、誠実な物言いをいたします。お気に障《さわ》ったらお許しください」

ぶはっ。

将軍とリャクランが同時に噴《ふ》き出《だ》した。

「冗談《じょうだん》にもならない冗談だな。リャクラン、おまえの親父《おやじ》のどこをどう叩《たた》けば正直だの誠実だのが出てくるんだ」

「どこをどう叩いても無理でしょう。猫《ねこ》の体に翼《つばさ》を探すようなものです。端《はな》からないものを取り出すなんて、魔術師《まじゅつし》でも不可能だ」

「そうだ、猫に翼、ハトに水かき、ムカデに愛らしさを求めるより難しいだろうよ」

「これは、またずいぶんな言われようだ。心底からの忠義を尽《つ》くして仕えた主《あるじ》とありったけの愛を注いで育てた息子《むすこ》から、よもや、このような仕打ちを受けるとは……。何かに祟《たた》られているとしか思えない」

ハマはわざとらしいため息をついて、黙《だま》り込《こ》んだ。

「で、リャクラン」

将軍が小瓶《こびん》を指差す。

「その中身が酒だというのは確かなのか」

「はい」

「毒酒なのだな」

「毒とも薬ともなります。適正な量、小さな杯《さかずき》に四分の一ほどでしょうか、それくらいなら浮腫《ふしゅ》の治療《ちりょう》と痛みの緩和《かんわ》にこの上ない効力を発揮いたします」

「それ以上だと毒になるのか」

「はい。ただ、人を死に至らせるものではありません」

「というと」

「こちらに作用します」

リャクランが自分を指差す。

「頭か？」

「はい。一時的に錯乱《さくらん》状態に陥《おちい》ります。そのときの刺激《しげき》によって、さまざまな幻影《げんえい》、幻聴《げんちょう》に襲《おそ》われるのです。これは、動物実験で確かめてありますから、間違《まちが》いはありません」

将軍は小瓶に目をやったまま問うた。

「その動物の内に人は何人含《ふく》まれているのだ?」

「はい?」

「人だ。おまえのことだ。兎《うさぎ》や豚鼠《ぶたねずみ》で満足はしておるまい。薬だろうと毒だろうと、人に効果があって初めて役に立つ。当然、人の身体《からだ》で試《ため》しているな」

「はあ……まあ、それは……」

「まさか、おれで試そうと考えたわけではあるまいな」

「そんな、滅相《めっそう》もない」

リャクランは大仰《おおぎょう》に両手を振《ふ》った。長い真《ま》っ直《す》ぐな髪《かみ》が動きに合わせさらさらと音を立てる。

「将軍を実験台にするほどの度胸は持ち合わせておりませんので。どうぞ、ご安心を」

将軍は鼻先で嗤《わら》い、視線を横に移した。

「ラタ」

「はい」

「二ヵ月前、おまえの従者が一糸纏《いっしまと》わぬ姿で庭園を走り回ったそうだな」

「はい」

「カランテアが烈火《れっか》のごとく怒《いか》っていた。まあ、あれはいつも不機嫌《ふきげん》で何かに怒ってはおるのだが。あのときは、特別にひどかった。無礼を働いた男を即刻《そっこく》、処刑《しょけい》しろと息巻いておったぞ。主《あるじ》であるおまえもさんざん説教されたうえに、嫌味《いやみ》だの皮肉だのをたっぷり浴びせられただろう」

「いえ……」

「隠《かく》さなくともいいぞ。まさか、あのカランテアが簡単に許すはずはあるまいからな」

「隠してはおりません。あまり、覚えておらぬだけです」

将軍が僅《わず》かに眉《まゆ》を上げた。

「ほう。権高《けんだか》い女の怒《いか》りなど記憶《きおく》に残すほどのものではない、か」

ラタは答えなかった。

カランテアを権高いとは思わない。優《やさ》しいとも美しいとも非情だとも感じない。どのようにも思わないし、感じない。好きだとか嫌《きら》いだとかの感情もない。クシカ将軍の館の広大な庭園、そこに点在する石像と大差ない。自分には何の関わりもないのだ。

「で、その従者とやらが突然《とつぜん》、錯乱《さくらん》してあらぬ行動をとったのは、リャクランのこの酒が原因なのか」

「はい」

今度ははっきりと首肯《しゅこう》した。

「わたしの従者はリャクランにこれを飲まされ、錯乱《さくらん》状態に陥《おちい》りました。今は生きてはいるものの、眠《ねむ》ったままの状態です。わたしが様子を見に行ったときは、ひどくうなされておりました。意識は戻《もど》らず、悪夢に苛《さいな》まれ続《つづ》けているようです。何の怨《うら》みも罪もない相手にむごい真似《まね》をしたものです」

「まったくだ。晒《さら》し首《くび》に相応《ふさわ》しい重罪だ」

「ちょっ、ちょっと待って、お待ちを閣下。あの件は予期せぬ手違《てちが》いで……、ただそのおかげで改良点が明確になりました。これは前のものとは比べようもない薬です。何しろ、あれから改良に改良を重ね、さらに改良した代物《しろもの》です。効果は驚《おどろ》くべきものがあります。明日の戦《いくさ》には必ず役立つはず、いや役立ててみせます」

「策があるというわけか」

「ございます。とびっきりの策が」

「では、聞かせてもらおうか。若き軍師の策とやらをな」

「将軍」

ラタが立ち上がる。

「リャクランの策を聞く前に、掃除《そうじ》をしておかねばなりません」

「ああ、そうだな。よい、おれがやる」

将軍は手早く弓に矢を番《つが》えた。そして、放つ。

ほとんど無造作にも見える動作だ。矢はリャクランの頬《ほお》すれすれを飛んで、背後の天幕に突《つ》き刺《さ》さった。

「ぎゃっ」

短い叫《さけ》び声《ごえ》と人の倒《たお》れる音がした。将軍は立ち上がり、天幕の外に向かって叫んだ。

「歩哨兵《ほしょうへい》、おるか」

獣《けもの》の咆哮《ほうこう》にも似た一声に、若い兵士数人が駆《か》け寄《よ》ってくる。

「お呼びでございますか、閣下」

「敵の間者《かんじゃ》が陣《じん》に紛《まぎ》れ込《こ》んでおる」

「えっ」

「わしたちの話を盗《ぬす》み聞《ぎ》きしておった。裏手に倒れているはず。すぐに捕《と》らえろ」

「はっ」

兵士たちが走り去る。

「いたぞ」

「捕《と》らえろ、早く」

「歯向かえば、殺せ」

入り乱れた足音が響《ひび》いた後、束《つか》の間《ま》、天幕の中は静寂《せいじゃく》を取《と》り戻《もど》した。が、すぐに、先ほどの兵士が現れひざまずいた。

「間者《かんじゃ》を捕らえました。が、すでに虫の息でございます」

「そうか。何者かわかるか。どこにもぐり込《こ》んでいた鼠《ねずみ》だ」

「それが……、どうも」

言いにくそうに兵士が口ごもる。視線が将軍の後ろ、卓《たく》に向けられた。将軍が一瞬《いっしゅん》、目尻《めじり》を吊《つ》り上《あ》げた。

「ハマに関わりある者か」

「はい……どうやらハマさま付きの女官のようで……」

「へ？」

ハマが口を半開きにする。

「おれの女官って……じゃあ、アモか。ええっ、アモが火国の間者？　ま、まさかな」

「だから言っただろ、親父《おやじ》。女には気を付けろって」

リャクランが舌を鳴らした。それから、ラタに顔を向ける。眉根《まゆね》を寄せて渋面《じゅうめん》を作ろうとしてはいるが、口《くち》の端《はし》がひくついていた。おかしくてたまらない。そんな表情だ。

「場末の酒場で寄ってきた女なんだ。『ハマさまのお側にいられるのなら、地獄《じごく》にでも参ります。片時も離《はな》れたくはございません』なんて口説かれて、ここまで連れてきちまった。で、結果がこれだ。まったくねえ、おふくろがあの世でそれ見たことかと大笑いしてるぜ」

「うるさいっ」

ハマが怒《ど》鳴《な》る。

「まったく、父親をよくそこまで貶《おとし》められるな。くそっ、あの女め、可愛《かわい》い顔してとんでもない曲者《くせもの》だったわけか」

「それを見抜《みぬ》けなかったってのは、老いたせいかね。昔の親父《おやじ》なら、女の薄《うす》っぺらな嘘《うそ》なんてたやすく見抜いていただろうに」

ハマは立ち上がり、薄笑いを浮《う》かべる息子《むすこ》を睨《にら》んだ。

「何とでも言え。若造が。おれは老いたんじゃない。いざというときのために、力を抑《おさ》えてるんだ。そう……いざというときのために。力が要《い》るのだ。強大な力が要る」

リャクランが笑《え》みを消した。父親の眼《め》をのぞき込《こ》む。そして、身震《みぶる》いを一つ、した。

リャクランがのぞき込んだ眼《め》は蒼白《あおじろ》く光っていた。

「いざというときってのは、どんなときなんだ。おれたちが敗れるときか。負《ま》け戦《いくさ》のときってことか」

「違《ちが》う」

不意にハマの眼から光が薄《うす》れていった。

「じゃあ、どんなときだよ」

「わからん。しかし、そのときは必ず来る。ごく近いうちに、な。おれの中の神がそれを知らせてくれるはずだ」

「親父《おやじ》の中に神がいるって？　よく言うぜ。神なんて鼠《ねずみ》の尻尾《しっぽ》ほども信じていないくせに」

「神を信じているわけじゃない。おれはおれを信じているのだ」

今度は、リャクランは本気で眉《まゆ》を顰《ひそ》めた。ラタの耳に口を寄せ、ささやく。

「どうやら、親父はぼけ始めているらしいぜ。どうも、このところ様子がおかしいんだ」

ハマはぶつぶつと呟《つぶや》き続《つづ》けている。

ラタは顎《あご》を引いた。

シュロイ・ハマ。

初めて会ったときから奇妙《きみょう》な人物だった。どこが奇妙なのか、ラタにはいまだに説明できない。説明できないからこそ、心の片隅《かたすみ》にずっと引っかかっている。

この男の奇妙さは何だ、と。

ハマは影《かげ》のようにクシカ将軍に付き従っていたから、顔を合わす機会はかなりあった。ふだんはほとんど気にかからない。その存在すら忘れてしまう。しかし、ときに波動のようなものを感じることがあった。廊下《ろうか》ですれ違《ちが》った刹那《せつな》、ふと目が合った瞬間《しゅんかん》、ぞくっと背筋に悪寒《おかん》を覚えたこともあった。

どうしてだか、わからない。

このところ、確かにハマは老いた。急速にと言ってもいいほどに、年を取っていった。ハマの上にだけ特別に時間が流れていった。そんな気さえする。それがハマの老い方なのか、理由があるのか。これも、わからない。ただ、リャクランがささやいたように「ぼけ始めた」のではなく、リャクランが父親を本気でそう思っているわけでもない。それくらいは理解していた。

ラタは小さく息を吐《は》いた。

夜が明ければ、戦《いくさ》が始まる。

戦は数多《あまた》の死を現出させる。死と破壊《はかい》だけしか現出させない。

ふふっ。

胸の内で嗤《わら》う。

死が渦巻《うずま》き全てを支配する中にあって、老いや若さに何程《なにほど》の意味もない。

「ラタ」

リャクランが呼んだ。

「何を考えているんだ」

「別に何も」

リャクランは舌先で唇《くちびる》を舐《な》めた。若い唇はそれだけで、艶《つや》やかさを取《と》り戻《もど》す。その唇が薄《うす》くめくれた。

「嘘《うそ》つけ」

「嘘だと？」

「そうさ、戦《いくさ》のために生まれてきた者が戦を前にして、何も考えてない？　ありえないな」

どうだろうか。

戦の前に何を考え、何を想《おも》うか。

ああと声が漏《も》れそうになった。

そうだ一つだけ、ある。

生き延びること、あるいは生き残ること、だ。

死が支配する世界の真ん中に、己《おのれ》の生を突《つ》き立《た》てる。

それだけを考えている。

なぜなら、それがラタにとっての勝利だからだ。圧倒的《あっとうてき》な死と対峙《たいじ》し打ち破る。呑《の》み込《こ》まれも嚙《か》み砕《くだ》かれもしない。

鬼神《きじん》と呼ばれ、戦鬼と呼ばれるならば、勝たねばならない。勝って、生き延びる。生き残る。

それだけは考えている。

それだけを考えている。

「じゃまが入って、時間を無駄《むだ》にしたな」

クシカ将軍が席に腰《こし》を下ろした。ハマとは逆に、戦《いくさ》を目前にして将軍は唐突《とうとつ》に若返ったようだ。気力に満ち、眼光を鋭《するど》くし、昔日《せきじつ》の雄姿《ゆうし》を取《と》り戻《もど》していた。そのおかげで、永依国軍の士気はぎりぎりのところで保たれている。巨大《きょだい》な敵におびえ、恐怖《きょうふ》と必死に闘《たたか》っている者は大勢いるが、逃《に》げ出《だ》す兵は一人もいなかった。

将軍が軽くうなずく。

畏《かしこ》まっていた兵士が動き、卓《たく》の上に暗射地図を広げる。

ダマン平原の西寄り、今、ラタたちがいるこの場所の地図だ。

兵士は右に青い駒《こま》を左に赤い駒を並べた。青い駒のほうが、遥《はる》かに数が多い。

「青が火国、赤がわが軍だ。わかるな」

将軍の隻眼《せきがん》がラタに向けられる。

「むろん」

将軍はもう一度首肯《しゅこう》し、リャクランに向けて顎《あご》をしゃくった。

「話を続けろ。その酒をどう使うつもりなのだ」

「敵に飲ませます」

ハマが顔を上げる。将軍は身じろぎもしない。ラタはランプの炎《ほのお》を見詰《みつ》めていた。

「大量に……とは申せませんが、三樽分《たるぶん》は何とかしました。それを敵陣《てきじん》に送《おく》り込《こ》みました。今夜あたり、酒盛りの膳《ぜん》に並ぶはず。葡萄酒《ぶどうしゅ》に比べれば味は落ちますが、ここは戦場。贅沢《ぜいたく》を言う者はおらぬでしょう。酒であれば、火国の兵たちは喜んで飲むでしょうよ」

「飲めば錯乱《さくらん》状態となるのだな」

「はい。多少の個人差はありますが、十時間足らずで幻覚《げんかく》に襲《おそ》われます」

「どのような幻覚《げんかく》だ」

「ですから、刺激《しげき》によって、さまざまです」

「リャクラン、いいかげんにしろ。おれたちを焦《じ》らして楽しんでいるのか。小出しにしゃべらず、肝心《かんじん》なところだけをさっさと話せ」

言葉のわりに将軍の口調に怒気《どき》は含《ふく》まれていなかった。苛立《いらだ》ちもない。視線は小瓶《こびん》に注がれていた。

「他人を焦らしておもしろがる悪癖《あくへき》は、おそらく生まれついてのものでしょうよ。わたしも、この倅《せがれ》を育てている最中には、ずいぶんと苦労させられました」

ハマの愚痴《ぐち》を将軍が鼻先で嗤《わら》う。

「父親譲《ゆず》りの性質《たち》だ。仕方あるまい」

「また、そのようなおっしゃりようを……」

ハマは椅子《いす》に深く腰掛《こしか》けると、口を歪《ゆが》めた。

「リャクラン、続けろ」

「はい。この薬草酒には命を奪《うば》う毒は含まれておりません。しかし、神経に作用して一時的な幻覚、主に幻影《げんえい》と幻聴《げんちょう》を引き起こす成分はあります。それは薬が効き始める直前に体験したこと、見たもの聴《き》いた音に強く影響《えいきょう》されるのです」

「直前の体験とはつまり、戦《いくさ》か」

「仰《おお》せのとおり。日の出となれば時を待たずして、火国の軍は動き出します。わたしの薬がちょうど効き始めるのもその刻《とき》あたり。言わずもがなではありますが、そこはちゃんと計算のうえで仕かけております。薬の作用と効果が明らかになる時間を徹底的《てっていてき》に研究し、情報を収集いたしました。そのために人体実験を繰《く》り返《かえ》し」

リャクランはそこで口をつぐんだ。

「なるほど、おまえの実験の犠牲《ぎせい》となったのは、哀《あわ》れな従者一人だけではなかったのだな」

将軍が苦笑《くしょう》する。淡々《たんたん》とした口調だった。

「しかし、ここで、いまさらとやかく言うても何も得るところはあるまい。過去のことはどうでもいい。明日、どう戦うか。意味があるのはそれだけだからな」

リャクランが胸に手を当て、頭を下げる。

「さすが、天下に並ぶ者なしと謳《うた》われるクシカ将軍。事の軽重をちゃんと心得ておられる」

「つまらぬ世辞は無用。話の先を急げ。夜はすぐに明けるぞ」

「はい。火国軍の中心となる大隊、そこに、ラタの率いる一小隊を突撃《とつげき》させていただきたい」

リャクランは青い駒《こま》を前に出し、赤い駒を一つ向かい合う形で置いた。

「たった一隊のみか」

「そうです」

「十人足らずで、敵の大隊に突《つ》っ込《こ》めというのか」

「なんなら、ラタ一騎《き》でも構わぬのですが」

「ラタに死ねと」

将軍の眉間《みけん》に深い皺《しわ》が寄った。

「まさか。ラタを生《い》け贄《にえ》にする気などありません。ただ、これはラタでなければできぬ任なのです。つまり」

リャクランの視線がゆっくりと巡《めぐ》る。

「ラタとの戦いを刺激《しげき》とすれば、敵たちはどんな幻覚《げんかく》に襲《おそ》われるか。おそらく、鬼神《きじん》、魔人《まじん》が自分たちを食らい、引《ひ》き裂《さ》く。そういうたぐいの地獄図《じごくず》に近いものでしょう。どれほど勇猛果敢《ゆうもうかかん》な兵士でも戦《いくさ》どころではなくなる」

リャクランはゆっくりと指を広げた。男の物とは思えない細く形良い指だ。ところどころに、火傷《やけど》の痕《あと》や薬草による染《し》みが目立つ。

「五分だ。ラタ、五分間、持ちこたえてくれ。持ちこたえるだけでなく、その間、縦横無尽《じゅうおうむじん》に暴れ回るんだ」

ラタは肩《かた》をすぼめた。

「一小隊のみで、史上最強とも言われる火国の軍に向かい、縦横無尽に暴れろだと？　正気か、リャクラン」

「おまえさんならできるだろう。勃国《ぼっこく》相手でも一歩も退《ひ》かなかったじゃないか。敵陣《てきじん》の中央まで入《はい》り込《こ》んでみごとに大将を倒《たお》した。あの戦いぶりを見たときから、おれはずっと思案してたんだ。おれの作り上げた薬とおまえさんの力を結びつければ、大国の軍隊だって蹴散《けち》らすことができるんじゃないかって、な」

「わたしが五分、持ちこたえられれば、火国軍は瓦解《がかい》するのか」

「おそらく」

「おそらく、か。命を懸《か》けるにはいささか曖昧《あいまい》すぎるな」

「確実なものなんて、この世には存在しないさ。確実なものにしか懸けられないなんて、たいした命じゃないぜ」

おまえの詭弁《きべん》はもうたくさんだ。

そう言い捨てようとしたが、やめた。

おもしろい。

そう思ってしまったのだ。

戦場を縦横に駆《か》け、敵に地獄《じごく》の幻《まぼろし》を見せる。

おもしろい。

何より、何十倍もの兵力を持つ相手を完膚《かんぷ》なきまでに叩《たた》きのめす。おもしろい、じつにおもしろい。快感が身体《からだ》を貫《つらぬ》く。

「しかし、敵がおまえの酒を飲むとは断言できんだろうが」

ハマが口を開いた。

「おまえの作戦は、火国の兵がその酒を飲むことが前提になっている。そこが崩《くず》れると、何一つ成り立たなくなる」

「ああ、その点はご心配なく。ちゃんと確認《かくにん》している。前もって敵の食料庫に運び入れておいた酒樽《さかだる》の酒を兵士たちが浴びるほど飲んでいる。その報告が先刻、入った」

「敵の陣地《じんち》に忍《しの》ばせた間者《かんじゃ》からか」

「そう。ただ、こっちは女官ではなく、雑兵《ぞうひょう》に化けた男だがな」

ハマが鼻の先に皺《しわ》を寄せた。

「将軍のご意向も伺《うかが》わず、勝手に間者《かんじゃ》を放ったわけか。明らかな軍法違反《いはん》ではないか。将軍、わたしの愚《おろ》かな息子《むすこ》をお許しください。何ぶんにもこのとおりの若輩者《じゃくはいもの》。戦場での規範《きはん》をまだ覚えておらぬのです」

ははと将軍は低い笑い声を漏《も》らす。

「戦場に規範などあるものか。勝つか敗れるか、生きるか死ぬか、それだけしかあるまい。ハマ、おまえなら骨の髄《ずい》までわかっておるだろうに。いまさら、下手な芝居《しばい》をするな」

「芝居だなどと、心外でございますな」

「それに、間者を使うのはおまえの常套《じょうとう》手段だったはずだ。そして、おれに伺いを立てたことなど、ほとんどなかったな」

ハマは露骨《ろこつ》な渋面《じゅうめん》を作りはしたが、言い返そうとはしなかった。その代わりのように、息子を問《と》い質《ただ》す。

「リャクラン、そこまで敵陣《てきじん》に深く入《はい》り込《こ》めているのなら、もっと手っ取り早く敵を混乱させる策があっただろう」

「手っ取り早くね。つまり、食料や水そのものに毒を混ぜるとか、そういった類《たぐい》の、ですか」

「そういう類《たぐい》の、だ。薬を飲ませ、幻覚《げんかく》を起こすなど間怠《まだる》いではないか。毒のほうがよほど手間がかからない」

「いや、違《ちが》う」

リャクランがかぶりを振《ふ》った。

「百万を超《こ》える敵勢に毒などほとんど効果はない。百や二百の兵士を毒殺しても火国軍はびくともしないに決まっている。毒ではなく恐怖《きょうふ》こそが、最大の武器なんだよ、親父《おやじ》」

「恐怖……」

ハマは息子《むすこ》がとんでもない忌語《いみご》を口にしたかのように眉《まゆ》を顰《ひそ》めた。

「そう、人知を超えた恐怖の前には百万の兵もたじろぎ、しりごみする。ラタを鬼神《きじん》と信《しん》じ込《こ》めば、戦意など吹《ふ》っ飛《と》ぶはずだ。そこに後方部隊がなだれ込めば、火国の軍は崩《くず》れる」

「我々が勝てるというのだな」

将軍が身を乗り出した。

「いいえ、勝てはしません。負けないだけのことです」

「負けないけれど勝ちもしないとは。ちょっとした謎《なぞ》かけだな」

「敵は百万の軍勢です。我々には勝ち目はありません。しかし、わたしの策を使えば、一時的な勝利は得られる。そして、永依国軍にラタという恐《おそ》ろしい鬼神《きじん》が確かにいる、そんな恐怖《きょうふ》を火国軍兵士に植えつけることはできる。戦況《せんきょう》はこちらの有利になりましょう。そのときが和睦《わぼく》の絶好の機会です」

「和睦を申し出るのか」

「そうです。今なら火国は鼻もひっかけないでしょうが、一度、叩《たた》きのめされた後なら素直《すなお》に尻《しっ》尾《ぽ》を振《ふ》るやもしれません。状況的には五分と五分」

「和睦の条件は」

将軍の問いにリャクランは、数時間前にラタにしたばかりの説明を、繰《く》り返《かえ》した。

「……領地を渡《わた》すのか」

「そうです。火国が狙《ねら》っているのはわが国ではなく勃国です。ならば、勃国への最短ルートを確保できれば、わざわざ永依国と戦う必要はなくなる。和平条約を結び、王族の中から見目麗《みめうるわ》しい姫《ひめ》を選び出して火国王の許《もと》に嫁《とつ》がせればいいのです。何番目の妻になるかは存じませんが、姻《いん》戚《せき》関係を結ぶことでこちらに戦いの意志はないことを明白にするのです」

「姫ぎみを国家安泰《あんたい》の道具とするのか」

「わたしたちが戦場で闘《たたか》っている間、農民が畑を耕し、商人が必死で品を売りさばいているとき、王族のみなさまはどうしておられます？　舞踏会《ぶとうかい》に豪勢《ごうせい》な食事、柔《やわ》らかなベッドに高級ワイン、贅沢三昧《ぜいたくざんまい》のお暮らしだ。こういうときぐらい道具として役立ってもらわないと。犬や猫《ねこ》だって餌《えさ》に見合った働きはしております。番犬になり、鼠《ねずみ》を捕《と》る。王族の方々にも働いていただきましょう。当然のことです」

その場にいる誰《だれ》も、リャクランの王族に対する不敬を咎《とが》めようとはしなかった。

「リャクラン、声が大きい」

ハマが小声で注意しただけだった。

「将軍。どう足掻《あが》いても戦力で我々に勝ち目はない。しかし、いや、だからこそ、どんな手を使っても相手を外交の舞台《ぶたい》に引きずりあげるのです。戦力に頼《たよ》っていては、いつか……近い将来、永依国は必ず滅亡《めつぼう》します」

「うむ」

クシカ将軍が短く唸《うな》った。しばらくの間、瞑目《めいもく》する。

風音が強くなる。

矢の先で裂《さ》かれた場所から、乾《かわ》いた風が吹《ふ》き込《こ》んでくる。

将軍がゆっくりと目を開けた。

「ラタ」

「はい」

「今のリャクランの策、通用すると思うか」

「思います。確実にとは申し上げられませぬが」

「やるか」

「はい」

「死を覚悟《かくご》しているのか」

「いえ」

ラタは二度、首を横に振《ふ》った。

「敵兵と共に死も蹴散《けち》らしてしまいましょう。わたしなら、できるはず。生きて再び、将軍の御《おん》許《もと》にひざまずきます」

「たいした自信だな」

「はい」

将軍が立ち上がる。

「よし、明朝、日の出とともに出陣《しゅつじん》を命じる」

「はい」

ラタは絨毯《じゅうたん》の上に膝《ひざ》をつき、深く頭を垂れた。

まもなく、火国との一戦が始まる。

4　鬼神《きじん》の宴《うたげ》

「カランテアさま」

侍女《じじょ》が軽く腰《こし》を下げる。

七十をゆうに超《こ》えた老女だった。カランテアが十の年から養育係として、成人してからは侍女としてずっと側に侍《はべ》ってきた。自身は結婚《けっこん》も出産も経験していない。おそらく男との交わりも知らぬままだろう。

カランテアに仕え、尽《つ》くすことで一生を終えようとしている。

「わたしはカランテアさまのお幸せだけを願っております。わが身《み》の幸福など、僅《わず》かも望んでおりません」

口癖《くちぐせ》のように、幾度《いくど》もそう告げてくる。

鬱陶《うっとう》しい。

愛情や奉仕《ほうし》の押《お》しつけほど、鬱陶《うっとう》しいものがこの世にあるだろうか。つねに後ろに従う老いた侍女《じじょ》を、カランテアは時折、蹴飛《けと》ばしてやりたくなる。

「おまえになど、もう用はない」

その一言とともに乗馬用ブーツの先で蹴ってやったら、さぞかし胸がすくだろう。

そう思いはするが、ブーツで蹴るどころか厳しく叱責《しっせき》することさえできない。おびえていた。

この老侍女がいなくなれば、歪《いびつ》であろうと重苦しくあろうとカランテアに心底からの愛を誓《ちか》ってくれる者はいなくなる。

それが怖《こわ》くてたまらない。

現国王に繋《つな》がる家に生まれ、人々にかしずかれて育った。飢《う》えとも貧しさとも無縁《むえん》の暮らしだ。豪勢《ごうせい》な料理、華《はな》やかな舞踏会《ぶとうかい》、絢爛《けんらん》な衣装《いしょう》。カランテアの周りはつねに眩《まばゆ》い物、華やかな物で埋《う》め尽《つ》くされていた。

それなのに怖くてたまらない。

幼いころ、生家の広大な屋敷《やしき》でカランテアは独りぼっちだった。身辺の世話をする役目の者はたくさんいたが、本気で幼い姫《ひめ》に関わろうとする者は皆無《かいむ》だった。

父は大商人の娘《むすめ》である母の莫大《ばくだい》な持参金を、母は大貴族の称号《しょうごう》を求めて結婚《けっこん》した。二男一女《になんいちじょ》をもうけはしたが、夫婦《ふうふ》の間に心の通い合いはなく、父も母も娘の身を案じる心などほとんど持ち合わせていなかったのだ。

真冬の朝、絹のブラウス一枚しか着せてもらえず寒さに震《ふる》えていても、豪華《ごうか》な寝室《しんしつ》で一人眠《ねむ》るのが怖《こわ》くて泣いていても、誰《だれ》も手を差《さ》し伸《の》べてはくれなかった。抱《だ》き締《し》めて「大丈夫《だいじょうぶ》、わたしが守ってあげるから」と慰《なぐさ》めてはくれなかった。みんな知らん顔をしている。

クシカ将軍を初めて目にしたとき、カランテアはその猛々《たけだけ》しい偉容《いよう》に驚《おどろ》きと困惑《こんわく》と微《かす》かな甘美《かんび》の想《おも》いを抱《いだ》いた。それまでカランテアの世界にいた貴族の男たちとは明らかに違《ちが》う。強くて、雄々《おお》しくて、血の臭《にお》いを纏《まと》っていた。ぶつかってくる生命力に圧倒《あっとう》され、押《お》し流《なが》される気がした。

この男の妻になる。

永依国随一《えいこくずいいち》の猛将《もうしょう》にして知将。小国永依の危機を幾度《いくど》となく救ってきた偉大な軍人の妻になる。恐《おそ》ろしいようであり、甘《あま》やかなようでもあった。そして何より縋《すが》る想いがあった。

「閣下、わたしをお助けくださいますか」

初夜のベッドの中で、夫となった男の耳にささやいた。

「そなたは救われたいのか」

カランテアの乳房《ちぶさ》から手を離《はな》し、将軍は低く問うてきた。目を伏《ふ》せ答える。摑《つか》まれていた乳房は熱を帯びて微《かす》かに疼《うず》いた。

「はい」

「何から救われたい」

「わかりませぬ。ただ、不安なのです」

「不安？」

「はい。とても不安で、とても淋《さみ》しいのです。この世でたった一人のような気がずっとしていて……どうしてよいか、わかりませぬ。どうか、お助けくださいませ」

本音だった。

まだ十九歳《さい》のカランテアは全霊《ぜんれい》で夫に縋《すが》りついた。

この方なら、この強い武人なら、わたしを守り通してくれる。必ず。

「それはできぬな」

顔を埋《うず》めた胸の、硬《かた》く厚い筋肉を通して声が響《ひび》いてくる。カランテアは身を起こした。肩《かた》から絹の夜具が滑《すべ》り落《お》ちる。

「できぬ……そう、おっしゃいましたか」

「言うた」

くらりとめまいがした。

裸《はだか》の乳房《ちぶさ》の間を汗《あせ》が伝う。

「なぜ……なぜそのようにむごいことを仰《おお》せです」

「むごいとは思わぬが」

「わたしは本気でお縋《すが》りしたのです。ありのままを告げて、本気で助けを求めました。それなのに……」

わなわなと身体《からだ》が震《ふる》える。

カランテアはこれまで一度たりとも、他人に胸の内を明かしたことはなかった。幼いころから引きずってきた恐《おそ》れを、当てどのない不安を、誰《だれ》にも告げなかった。

夫にだけだ。

夫となった逞《たくま》しい男に全てを委ねようとしたのだ。

「それなのに、わたしを見捨てるとおっしゃるのですね。何て、何てひどいお方でしょう」

まさか、初夜の閨《ねや》で夫を詰《なじ》る妻になろうとは。情けなさと戸惑《とまど》い、そして深い失望にカランテアは涙《なみだ》を溢《あふ》れさせた。

「カランテア、おれはこれまで多くの死線を潜《くぐ》り抜《ぬ》けてきた。どれほど戦地に赴《おもむ》いたか覚えきれないほどだ」

「はい。閣下のお働きがあったからこそ、永依国の平穏《へいおん》は保たれておるのです」

「平穏か……脆《もろ》い平穏だ。いつ崩《くず》れるかわからぬ。ここ、首都であるササンカが敵の手に落ちる可能性も十分すぎるほどある。それは、おれが敵軍に敗れたことを意味する。おそらく、首と胴《どう》は繋《つな》がってはいまい。おまえも今日からは武人の妻。そのことだけは、肝《きも》に銘《めい》じておけ」

「そんな不吉《ふきつ》な……」

カランテアは手で口元を覆《おお》った。

気分が悪い。

濃《こ》い血の臭《にお》いを嗅《か》いだ気がした。

子どものころ、屋敷《やしき》の厨房《ちゅうぼう》に迷《まよ》い込《こ》んだことがある。その日も、舞踏会《ぶとうかい》が開かれる予定だったのか、厨房には食材が山積みされていた。

魚、肉、野菜、果物、乾物《かんぶつ》、酒。そして、生きた鵞鳥《がちょう》が何十羽《わ》も籠《かご》の中に押《お》し込《こ》められていた。料理人たちがそれを摑《つか》みだし、次々に首を刎《は》ね、血を抜《ぬ》き、羽をむしっていく。

カランテアの内に血の臭《にお》いが流《なが》れ込《こ》んでくる。

カランテアはその場にしゃがみ込み、嘔吐《おうと》し、気を失った。

初潮を見たのは十二歳《さい》の誕生日の直後だった。鈍《にぶ》い疼《うず》きと股《また》の間を流れる生温かいもの、そして、また血の臭いが立ち上る。悲鳴をあげていた。誰《だれ》も少女から女に変わる身体《からだ》のことなど、教えてくれなかった。

まだ初老だった養育係の侍女《じじょ》が、床《ゆか》に滴《したた》った血の染《し》みを「まあ、穢《けが》らわしい」と呟《つぶや》いたことを覚えている。

血は嫌《きら》いだ。

血は穢れている。おぞましく、禍々《まがまが》しく、臭《くさ》い。

不吉《ふきつ》で不幸を運んでくる。

それが、この美しい都市、古い歴史を持ち季節折々の花に飾《かざ》られるサザンカに満ちるというのだろうか。

信じられない。

信じてはならない出来事のように思う。

「おれは戦うことしかできぬ男だ。戦人《いくさびと》に人を救うことはできない。おそらく誰《だれ》にもできぬだろう。己《おのれ》を救えるのは、己だけだ」

そこで将軍は、仰向《あおむ》けになり天井《てんじょう》に目をやる。

「よいかカランテア、戦場で誰かを頼《たよ》り、誰かに縋《すが》っていては生き残れない。己の力で生を切《き》り拓《ひら》く者、切り拓ける者だけが生き残り、生き延びることができる。そして、己を救えるのもそういう者だけだ。誰にも頼らず、縋らず、己の力で己の定めを決めていける者しか救われない。それが現実だ」

「わたしは女です」

心ならずも叫《さけ》んでいた。

「男とは違《ちが》います。己で定めを決めるなど……できようはずがありません。できるわけがないのです」

「男とか女とかは関わりない」

「ありますとも。わたしがあなたの許《もと》に嫁《とつ》いだのも、父から命じられたからです。母からも強く諭《さと》されました。『これがあなたの定めなのです。抗《あらが》ってはなりません』と」

父も母も、クシカ将軍との姻戚《いんせき》関係を強く望んだ。

軍の要であり、事実上の支配者であるクシカ将軍を取《と》り込《こ》むことで、宮廷《きゅうてい》における地位をさらに強固にしたい。

父の野心は見《み》え透《す》いていた。ふだんはろくに言葉も交《か》わさない間柄《あいだがら》であるのに、こういうときだけは、母も同調し、「お父さまのお決めになったこと。逆らうなんて許されません。いいわね、カランテア。これがあなたの定めなのです。抗《あらが》ってはなりませんよ」と釘《くぎ》を刺《さ》してきた。もとより、両親の決定に逆らう意志はない、言われるがまま嫁《とつ》いできた。

「男なら生き方を自分で決める術《すべ》もあるでしょう。でも、女のわたしに何ができましょう。従うしかないのです」

違《ちが》う。

心の内で強く否《いな》んでいた。

それは違う。確かにお父さまから命じられた婚姻《こんいん》ではあったけれど、わたしは……わたしは、嬉《うれ》しかったのだ。この男の妻になれることが嬉しかった。

カランテアは一度だけ、クシカ将軍の凱旋《がいせん》の宴《うたげ》に臨《のぞ》んだことがあった。まだ十四にもなっていなかったころだ。

堂々たる体軀《たいく》の武人は笑うと優《やさ》しげな表情になり、それなのに、確かな威《い》を放っていた。軟《なん》弱《じゃく》さなど欠片《かけら》もなかった。

胸が高鳴った。

恋《こい》だった。生まれて初めて、恋をした瞬間《しゅんかん》だった。

そういう男の許《もと》に嫁《とつ》いで行ける。

カランテアに不平や不満があるわけがない。ましてや、親の操《あやつ》り人形《にんぎょう》となって生きる悲哀《ひあい》など無縁《むえん》のものだった。

それなのに、心にもない台詞《せりふ》を夫にぶつけている。

わたしは何と愚《おろ》かな女なのでしょう。

「おれは強い女が好きだ」

天井《てんじょう》を見詰《みつ》めたまま、クシカ将軍が言った。

「己《おのれ》の力で己の定めを拓《ひら》き、砕《くだ》き、作っていく。そういう女に惹《ひ》かれる。今まで一度も出会ったことはないがな」

「……閣下」

「眠《ねむ》ろう。明日は早い」

将軍は寝返《ねがえ》りをうち、新妻《にいづま》に背を向けた。

カランテアは一人、残された。

すぐ傍《かたわ》らに夫はいるけれど、一人だ。やはり、独りぼっちだ。

己《おのれ》の力で己の定めを拓《ひら》き、砕《くだ》き、作っていく。

どういう意味なのだろう。

理解できない。

理解できなければ、夫の心に添《そ》うことも、心を摑《つか》むこともできないではないか。

奈落《ならく》の底に落ちていく。

カランテアは夫の寝息《ねいき》を耳にしながら、無言で涙《なみだ》を流していた。

夫が自分を愛していないのはわかっている。

将軍にとって妻など、兜《かぶと》の飾《かざ》り物《もの》ほどの意味もないのだ。嫁《とつ》いですぐに知ってしまった。

それなら、ほかの女も愛させはしない。

カランテアは心に決める。

もし、将軍が本気で女を愛したのなら、その女を殺す。この手で抹殺《まっさつ》してやるのだ。

将軍が新たな側女《そばめ》を作るたびに、カランテアは正室への挨拶《あいさつ》を強要し、自分の前にひざまずかせた。身分の差を誇示《こじ》すると同時に、相手を値踏《ねぶ》みするためだ。

美しい女も、異国の血を引く者も、琴《こと》の名手もいた。しかし、誰《だれ》も将軍の心を独《ひと》り占《じ》めできるほどの力は持っていない。

ごく平凡《へいぼん》な、つまらない女たちだ。

安堵《あんど》と同時に、焦《あせ》りと苛立《いらだ》ちが募《つの》る。

いつか、将軍の心をわが物とする女が現れる。将軍が本気で愛する女が現れる。

そのとき、わたしはどうしたらいいのだろう。

ラタを一目見たとき、心臓を射貫《いぬ》かれた気がした。

少年とも少女とも判別できない痩《や》せさらばえた子ども。薄汚《うすぎたな》い野良犬《のらいぬ》のようだった。いや、犬ではない。

狼《おおかみ》だ。

前髪《まえがみ》の間からのぞく眼光の鋭《するど》さは野生の獣《けもの》そのものだった。

隙《すき》を見せれば、喉笛《のどぶえ》を食《く》い千切《ちぎ》られる。

獰猛《どうもう》で、俊敏《しゅんびん》で、狡猾《こうかつ》で、しなやかな生き物だ。

背筋に冷たい汗《あせ》が流れた。

将軍が道端《みちばた》で拾ってきた子が少女だと知ったとき、その汗はさらに量を増し、カランテアの白い背中を濡《ぬ》らした。

ラタとは破壊神《はかいしん》の名だという。

この眼《め》の持ち主に、これ以上相応《ふさわ》しい名はないだろう。

「卑《いや》しい身分の娘《むすめ》です。将軍が拾ってまいりました。飢《う》え死《じ》に寸前のところだったとか。野の獣《けもの》と大差ない育ちをしておりますの。ほんとに、わが夫ながら気まぐれが過ぎます」

「でも、それだけ将軍閣下がお優《やさ》しいということでしょ」

「そうでしょうかしら。でも、犬や猫《ねこ》を拾ってくるのとはわけが違《ちが》います。もう少しお考えいただきたいものだわ」

ラタの耳に届くところでわざと、客とやりとりを交《か》わした。遠くから睨《にら》みつけてもみた。屋敷《やしき》からすぐにでも追い出したかった。カランテア自身からもクシカ将軍からもできる限り遠ざけたい。

なぜ?

なぜ、わたしはこんなにもあの娘を恐《おそ》れるのだろう。

不思議だった。不思議でたまらなかった。

ラタは将軍の養女となり、屋敷内に部屋を与《あた》えられた。背が伸《の》び、肉が付き、いつの間にか痩《や》せた貧相《ひんそう》な子どもではなくなっていた。それでも、人目を引くほど美しいわけでも優雅《ゆうが》なわけでもない。照《て》り映《は》える真珠《しんじゅ》の肌《はだ》も、艶《つや》やかな珊瑚色《さんごいろ》の唇《くちびる》も、柔《やわ》らかで豊満な身体《からだ》も、巧《たく》みな話術も、甘《あま》やかな声音《こわね》も、蠱惑的《こわくてき》な眼差《まなざ》しも有していなかった。

ただ、狼《おおかみ》の眼《め》のみを持つ。

女としての美しさなら、カランテアのほうが勝《まさ》っている。誰《だれ》もがそう言うだろう。比べてみるまでもない。

なのに、カランテアは嫉妬《しっと》に炙《あぶ》られていた。ほかの側室には僅《わず》かも感じなかった嫉妬だ。

わたしは夫を、いつかこの娘《むすめ》に奪《うば》われる。夫の心を奪われてしまうのだ。

ほとんど確信してしまった。思うたびに心身が震《ふる》え、ぞわぞわと頭皮が蠢《うごめ》いた。もはや嫉妬ではなく怯《おび》えに近い。

「それはカランテアさまのお考《かんが》え違《ちが》いにございましょう」

耐《た》えきれず胸の内の一端《いったん》を明かしたとき、老侍女《ろうじじょ》はカランテアのおびえを一笑《いっしょう》した。

「あのような卑《いや》しく、何の取《と》り柄《え》もない娘ではありませんか。つまらぬ心配をなさいますな」

「ラタは若い。これから、美しくなるでしょうよ」

ため息をつく。

ラタの若さにおびえているわけではない。将軍の五番目の側室は、ラタとそう違《ちが》わない年齢《ねんれい》のはずだ。おそらく、三つ四つ年長なだけだろう。頬《ほお》のあたりに、物言いにまだ、若さゆえの未熟さと初々《ういうい》しさを残していた。カムとかアムとか、そんな名ではなかったか。

あの側室には何もなかった。カランテアを脅《おびや》かすものは砂粒《すなつぶ》一つほどもなかった。

ラタとは違う。

若さなどにおびえない。そんなものは一時の幻《まぼろし》だ。淡々《たんたん》と消え、さらさらと滑《すべ》り落《お》ちていく。頼《たよ》りになどならない。若さに頼り、若さに縋《すが》り、年を経ていく身を何とかしようと足掻《あが》く女たちを大勢見てきた。カランテアの母も周りの貴族の女たちも将軍の側室もみんなそうだ。己《おのれ》の中の若さを引き留めようと必死になっている。一本の白髪《しらが》、目元の皺《しわ》、小さなシミ、顎《あご》のたるみ。そんなものに気が付くたびに、大仰《おおぎょう》に嘆《なげ》き、怪《あや》しげな香油《こうゆ》だの若さを保つ薬だのを法外な値《ね》で購《あがな》ったりする。

愚《おろ》かの極《きわ》みだ。

若さのみに裏打ちされた美しさがどれほど脆《もろ》いか、はかないかなぜ気が付かないのだろう。

カランテアはもう四十前だ。若さは失われたが、その分、クシカ家の女主《おんなあるじ》としての貫禄《かんろく》を手に入れた。それは珠《たま》となって、内側からカランテアを輝《かがや》かせる。

「ラタなど、カランテアさまのお美しさの足元にも及《およ》ばぬではありませぬか。ええ、本当に……カランテアさまはお年を重ねるごとにお美しくなられますものねえ」

老侍女《ろうじじょ》がおもねるように笑《え》んだ。

「そうね」

カランテアはそっけなく答えた。胸の内を僅《わず》かでも明かしたことを後悔《こうかい》していた。言われるまでもない。自分がたぐいまれな佳人《かじん》であると自覚している。いまさら、追従《ついしょう》など要《い》りはしない。

けれど、夫、クシカ将軍が望み、惹《ひ》かれるのは女としての美しさでも若さの輝きでもない。己《おのれ》で定めを切《き》り拓《ひら》く力。その力をみなぎらせている者。

ラタはまさに将軍の理想の女ではないのか。

将軍は当然のように戦場にラタを伴《ともな》う。ラタはすでに、永依国軍の要となりつつあった。将軍の片腕《かたうで》として働き、『漆黒《しっこく》の鬼神《きじん》』と呼ばれているとか。ラタの華々《はなばな》しい戦功の数々は、カランテアの耳にも入っている。

狼《おおかみ》は育ち、本性《ほんしょう》をあらわにし始めたらしい。

将軍はどのようなお心でラタを眺《なが》めているのだろう。

庭園に群《む》れ咲《さ》く花に囲まれて考える。戦場の臭《にお》いとも夥《おびただ》しい死体とも血とも、兵士の呻《うめ》きとも、軍馬のいななきとも無縁《むえん》の静かな場所は、なぜだか、カランテアの焦燥《しょうそう》を掻《か》き立《た》てた。

ラタは将軍のすぐ傍《かたわ》らにいるだろう。将軍が何か問えば、それに答え、黙《だま》れば二人して同じ風景を眺《なが》めるのだ。それが殺伐《さつばつ》とした戦場のものであっても、妬《ねた》ましい。

「死ねばいいのに」

花の香《かお》りに包まれ、呟《つぶや》いていた。

ラタが死ねばこの焦燥から逃《のが》れられる。

槍《やり》の先《さき》に貫《つらぬ》かれればいい。

矢に射貫《いぬ》かれればいい。

敵に討《う》ち取《と》られればいい。

捕虜《ほりょ》となり処刑《しょけい》されればいい。

「おまえなんか、死ねばいいのよ」

言葉にすると、涙《なみだ》が出た。

わたしがあんな小娘《こむすめ》の死を願うなんて、本気で望むなんて……わたしが、このわたしが……。

ラタの眼《め》は、いつも冷えていて感情を読み取らせない。カランテアのことなど眼中にないのだ。生きようが死のうが、関わりないのだ。悶々《もんもん》と苦しんでいるのはカランテアだけだった。

こんなにも振《ふ》り回《まわ》されるなんて。

悔《くや》しい。情けない。憎《にく》い。殺してやりたい。

カランテアは花の香《かお》りを吸《す》い込《こ》んだ。そして、泣いた。涙《なみだ》は後から後から零《こぼ》れ出《で》て、頬《ほお》を伝い、顎《あご》の先《さき》から滴《したた》り、薄紅色《うすべにいろ》のドレスに小さな染《し》みを作った。


「客ですって」

眉《まゆ》を寄せ、不快を表す。

「そんな約束、していないはずよ」

「はい。お約束はありませんが……」

老女の皺《しわ》に囲まれた口元がもぞもぞと動く。この老女はいつもそうだ。肝心《かんじん》なところをぼかして、こちらの気を引こうとする。不快感が募《つの》った。苛立《いらだ》つ。

「言いたいことがあるなら、はっきりお言い。約束のない相手なら会う必要はないでしょ。追い返しなさい」

「それが、お客といいますのが」

老女が言い終わらないうちに、その客が入ってきた。老女を乱暴に押《お》しのける。

「まあ、オルレライン、あなただったの」

「久しぶりだね、カランテア」

豊かな黒髪《くろかみ》をわざと無造作になでつけ、純白の丈長《たけなが》の上着を身に着けた男は、膝《ひざ》をつき、カランテアの手に唇《くちびる》を押《お》し当《あ》てた。

「会えて嬉《うれ》しいよ。何しろ、きみのところの婆《ばあ》さんときたら、やたらもったいぶって、すんなり通してくれないんだ。『カランテアさまにお伺《うかが》いしなければ、お通しできません』だとさ。ぼくが仲《なか》の良《い》い従兄《いとこ》だと知ってるくせにな。まったく、年々、意固地になっていくんじゃないか」

「わたしは、そんなつもりでは……」

老女が慌《あわ》てたふうに首を振《ふ》る。

「意固地で偏屈《へんくつ》で困ったもんだ。はっきり言って、もう役に立たないんじゃないか。雇《やと》っていたって弊害《へいがい》のほうが多い。そうだ、ぼくの屋敷《やしき》から、とびっきり優秀《ゆうしゅう》な侍女《じじょ》を二人ばかし遣《つか》わしてあげよう。よく気の回る、素直《すなお》な女たちだ。うん、そうしよう。で、こんな婆さん、即刻《そっこく》、追い出してしまえばいい」

「そんな、そんな、オルレラインさま、お待ちください」

涙《なみだ》を浮《う》かべる老女を見下ろし、オルレラインは手を振った。野良犬《のらいぬ》を追《お》い払《はら》う仕草だった。

「しっしっ。これから、おまえのご主人さまとたいせつな話がある。とっとと出ていけ。その訳知り顔が目に映るだけで気分が悪くなる。ここから失《う》せろ。なんなら、部屋に帰って荷物を纏《まと》めていてもいいぞ。まもなく、お払い箱になるんだからな」

「そんな薄情《はくじょう》な。わたしはもう何十年もカランテアさまのためにお仕えし、尽《つ》くして参りましたのに」

「それはご苦労だったな。じゃあ、もういいかげん暇《ひま》を取ってもいいだろう。どこぞで余生をゆっくりと過ごせばいいさ。そういう場所があるのならな」

オルレラインが薄笑《うすわら》いを浮《う》かべている。その顔つきにも老女の絡《から》みついてくる眼差《まなざ》しにも嫌悪《けんお》を覚える。

「カランテアさま……」

「さがりなさい。わたしが呼ぶまでどこかで控《ひか》えていなさい」

「……はい」

うなだれ、老女が出ていく。

「はっ、まったくどうしようもない婆《ばあ》さんだな」

「オルレライン、わたしの侍女《じじょ》をいたぶるのはやめて」

「いたぶる？　そんな真似《まね》はしてない。あの婆《ばあ》さんがわが者顔で何でも仕切ろうとするから、ちょっと釘《くぎ》を刺《さ》してやっただけだ。分を弁《わきま》えろとな。きみだって、そう思ってたんじゃないか」

「あれは、わたしが十《とお》のころから侍《はべ》っている女よ。多少、でしゃばるのは仕方ないわ」

「はっ、何とも寛容《かんよう》なことだ」

　オルレラインが両手を開き、肩《かた》を竦《すく》める。芝居《しばい》がかった仕草だ。昔からそうだった。一つ年上の従兄《いとこ》は、大仰《おおぎょう》で作り事めいた物言いや動作を好んで使う。鼻につくし、嫌味《いやみ》にも感じる。要するに嫌《きら》いだった。しかし、オルレラインを如才《じょさい》ない賢人《けんじん》とみる向きは多い。若くして外務大臣の座に就《つ》き、国王の絶対的な信頼《しんらい》を得ているのもそういう質が幸いしているのは確かだ。

「しかしな、カランテア、奉公人《ほうこうにん》を甘《あま》やかすのは得策じゃないぞ。やつらはすぐつけ上がる。主人の甘さをいいことに、仕事の手を抜《ぬ》くわ、賃金を上げろと要求してくるわ、挙げ句の果てに労働環境《かんきょう》を改善してほしいだと。はっ、労働環境がどういうものか理解もしていないくせに、だ。笑わせてくれるじゃないか」

「オルレライン、あなた、こんな時刻にわざわざいらしたのは、わたしに奉公人の管理について講義するためなの？　それとも、ただ愚痴《ぐち》を零《こぼ》すのが目的？　それなら、悪いけどお相手はできないわね。お帰りになって」

　横を向く。

　それで拒否《きょひ》を伝える。

「やれやれ、相変わらず冷たいな。昔は、ぼくたち、仲《なか》の良い従兄妹《いとこ》同士だったじゃないか。もしかしたら、いっしょになるんじゃないかとまで言われていたよね」

「そうなの？　わたしにはそんな気はまったくなかったけれど」

「カランテア、どうしてそう冷たいんだ」

「あなたが嫌《きら》いだからよ。無理やりキスしようと迫《せま》る男なんて、たいていの女は嫌いになるでしょうよ」

「あれは酔《よ》っていたんだ。酔っていたうえに、きみがあまりに美しいものだから、つい我を忘れてしまって……。もう、いいかげん勘弁《かんべん》してくれないか。もうずいぶんと昔のことじゃないか。ぼくたちはとっくに大人になった。過去を清算できる年齢《ねんれい》だよ」

　カランテアは軽く額を押《お》さえた。

　頭痛がする。

「オルレライン、お願い。早く用件をおっしゃって。わたしは、もう休みたいの」

「わかっているよ。じゃあ、手短に話そう。ぼくだって、暇《ひま》が有り余っているわけじゃない」

「でしょうね。永依国は今、戦時下よ。火国《かこく》との戦《いくさ》が始まったわ。外務を担当するあなたがこんな所でのんびりしていていいわけがないわ。仕事は山ほどあるでしょう」

「まさに、激務さ。このままじゃ、国のために命をすり減らしてしまう。哀《あわ》れなもんだよ」

「わたしの夫は、国のために文字どおり命を懸《か》けて戦っているわ」

オルレラインが口ひげを指先でしごく。

「そう、クシカ将軍は今、火国の大軍と戦っている。正直、ほとんど勝ち目のない戦だ。奇跡《きせき》でも起こらない限り、わが軍の勝利はありえない」

「よくも、そんな台詞《せりふ》を口にできるわね」

カランテアは奥歯《おくば》を噛《か》み締《し》めた。そうしないと、ありったけの罵詈雑言《ばりぞうごん》がほとばしりそうだった。貴女《きじょ》として、さすがにそれは憚《はばか》られた。

己《おのれ》を律するのは慣れている。憤怒《ふんぬ》も悲嘆《ひたん》も孤独《こどく》も抑《おさ》え込《こ》んで、爆発《ばくはつ》させたりはしない。その分、鬱々《うつうつ》とした気分は胸底に溜《た》まり、心を蝕《むしば》んでしまう。

「あなたが外務大臣として、もう少し能力があれば戦いは忌避《きひ》できたのではなくて」

「おいおい、今度は無能呼ばわりか」

「事実でしょ」

「火国は大国だ。永依のような小国が何を言ってもまともに取り合っちゃあくれないさ」

確かに火国と永依国では国の規模が違《ちが》う。永依国は獅子《しし》の前で竦《すく》む狐《きつね》に等しい。しかし、だからといって、端《はな》から職務を投げていいわけがない。狐には狐のやり方があるはずだ。

熱風に似た怒《いか》りが過ぎ去った後、心身が急にうそ寒くなる。

もしかしたら、オルレラインは……。

クシカ将軍が戦死した。

その報《しら》せにやってきたのではないか。

夫は何も言わなかった。「今度ばかりは生きて帰れぬかもしれん」、「いざというときの心の準備だけはしておけ」、「さらばだ、カランテア」。遺言《ゆいごん》も別れの挨拶《あいさつ》も覚悟《かくご》を求める言葉もなかった。カランテアの寝室《しんしつ》に現れ、抱《だ》き、傍《かたわ》らで寝入《ねい》っただけだ。その寝息も穏《おだ》やかだった。そして、朝、出陣《しゅつじん》していったのだ。

普通《ふつう》だ。何一つ変わっていない。

そんなふうに感じていた。けれど、出陣していった先は、今までに増して苛烈《かれつ》な戦場だった。忘れていたわけではないが、油断はしていた。

「……将軍の身に何かあったとでも」

しいて冷静を装《よそお》い尋《たず》ねる。

動悸《どうき》が激しくなり、汗《あせ》が滲《にじ》んだ。

クシカ将軍が亡《な》くなるのは仕方ない。武人が戦《いくさ》に出向いているのだ。死は何よりも近いところにある。

カランテアを揺《ゆ》さぶるのは、夫とラタが共に同じ場所で死ぬ、折り重なり、身体《からだ》を絡《から》ませて息絶えるという想像だった。カランテアには手の届かない場所で二人は同じ運命をたどる。

嫌《いや》だ。

身が引《ひ》き裂《さ》かれる。心が砕《くだ》ける。

それだけは嫌。それだけは許さない。

「今のところ、戦死の報は届いていない」

不意にオルレラインの口調が変化した。明るさも軽率《けいそつ》さも消えて、硬《かた》く重々しくなる。どこか不遜《ふそん》な響《ひび》きさえ含《ふく》んでいた。おそらくこれが、職務用の声音《こわね》なのだろう。

「しかも、最初の衝突《しょうとつ》では永依国軍が勝利したらしい」

「え？」

「数時間前に一報が入った。火国の大隊が一つ、ほぼ全滅《ぜんめつ》したらしい。しかも、わが軍はほとんど無傷だそうだ」

「まあ……」

「何でも、将軍の養子にして秘蔵《ひぞ》っ子《こ》である一番隊隊長が鬼神《きじん》のごとき戦いをしたらしい。詳細《しょうさい》はまだこれから知るところだが」

「ラタが……」

「そう、ラタ。破壊神《はかいしん》の名だったな。そのラタが僅《わず》かな手勢を率いて火国の大隊に突《つ》っ込《こ》み、壊滅《かいめつ》させせた。まさに、奇跡《きせき》だな。将軍の養女、つまりきみの娘《むすめ》は人間離《にんげんばな》れしているよ」

「やめて!」

叫《さけ》んでいた。抑制《よくせい》が利《き》かない。

「ラタをわたしの娘だなんて言わないで。穢《けが》らわしい」

「穢らわしい?」

「そうよ。あの娘《こ》は人じゃないわ。野獣《やじゅう》よ。ただの獣《けもの》。わたしの娘だなんて、とんでもない。形だけとはいえ我慢《がまん》できないわ。ラタが屋敷内《やしきない》にいるだけで、気分が悪くなる。目障《めざわ》りよ。ええ、とてつもなく目障りなのよ」

声が裏返る。眦《まなじり》が吊《つ》り上《あ》がったのが、自分でもわかった。目の縁《ふち》がきりきりと痛む。いつもなら恥辱《ちじょく》のあまり、顔を覆《おお》っただろう。しかし、今は恥《は》じる余裕《よゆう》さえなかった。

「へえ、きみがそこまで嫌《きら》っているとは意外だった。じゃあ、ラタがどんな死に方をしてもきみは平静でいられるわけだ。よかった。とても都合がいい。安堵《あんど》したよ」

「安堵？　どういう意味？」

「きみがラタをどう思っているのか。それを確かめに来た。そして、結果に満足し、安堵している。そういう意味だ」

「オルレライン、焦《じ》らさないで。ちゃんとわかるように話してちょうだい。わたしがラタをどう思っていても、あなたには関わりないでしょう」

「ないとも言えないんだ。きみがラタを娘《むすめ》として少しでも愛していたら、ぼくとしてはあまりに忍《しの》びない。けれど、永依国のためには、拒《こば》むわけにはいかない。つまり板挟《いたばさ》みの心境だった」

オルレラインが立ち上がる。

胸のポケットから一枚の紙を取り出す。外交用の上質な物だ。

「実は戦勝の報の直後に、火国から書簡が届いた」

「書簡……」

従兄《いとこ》の指に挟まれた白い紙に、目を凝《こ》らす。むろん、何も読み取れない。

「和平の申《もう》し込《こ》みだった」

「まあ、火国から和平を申し込んできたの」

「そうさ。以前にリャクランって若造が建白した和平案があった。お粗末極《そまつきわ》まりないものさ。生意気で世間知らずの軍師気取りが考えそうな代物《しろもの》だった。しかし、まあ……部分的には使えなくもなかった。で、ぼくが手を入れて、かなり修正し、なかなかの一案に仕立て上げた。うん、我ながらいい出来栄《できば》えだったな」

「それを火国は受け入れたの」

「いいや、一蹴《いっしゅう》された。属国になる以外、戦《いくさ》を回避《かいひ》する道はないと。けんもほろろの返信がきただけだ」

「外交でも永依国は敗れたわけね」

能無しだ。ただ他人の案にのっかっただけにすぎない。

「もともと無理があったのさ。大国を相手に回して対等な外交なんてできるわけがない」

「でも、今度は火国から和平を申し込んできたのね」

「そうさ。ぼくの和平案を大筋で承諾《しょうだく》すると、さ」

　オルレラインが胸を張る。

「それは、ラタのおかげなのね。手ひどく痛めつけられた火国側が急遽《きゅうきょ》、態度を軟化《なんか》させた。火国からすれば本来の目的は勃国《ぼっこく》の制圧でしょう。永依国との戦《いくさ》をできるだけ早く終わらせ、兵力を勃国との戦に向けたい。それなのに大隊一つ、壊滅《かいめつ》させられた。予想外の敗北を喫《きっ》して永依国との和平に大きく傾《かたむ》いたわけね」

「すばらしい。カランテア。女性でありながら、それだけ情勢がきっちり読めるなんて驚《おどろ》きだ。称賛《しょうさん》ものだよ。クシカ将軍夫人にしておくのは惜《お》しいな」

「少し頭のある者ならわかることじゃない。オルレライン、あまり女を馬鹿《ばか》にしないほうがよくてよ。男よりずっと聡明《そうめい》な女はいくらでもいるわ。愚《おろ》かな男と同じ数ぐらいはいるのよ」

　カランテアはドレスのレース飾《かざ》りを強く握《にぎ》り締《し》めた。

　狐《きつね》の群れに狼《おおかみ》が交ざっていた。しかも、強靱《きょうじん》な牙《きば》と爪《つめ》を持つ狼が。むろん「漆黒《しっこく》の鬼神《きじん》」の名は知っていただろう。しかし、たかだか一騎《き》だと侮《あなど》ってもいたのではないか。だとしたら火国軍はさぞかし慌《あわ》てただろう。慌てふためき、急ぎ、和平交渉《こうしょう》を始めた。

　ラタは十分な働きをなしたわけだ。けれど、それで済むだろうか。火国は獅子《しし》だ。中原第一の国力を誇《ほこ》る。本気で永依国を潰《つぶ》そうとするなら、いかにラタが奮闘《ふんとう》しようともかなうわけがない。永依の軍は壊滅《かいめつ》し、国は滅《ほろ》びる。ただし、火国とて無傷ではすむまい。無傷どころか相当の深手を受ける。勃国との戦いを控《ひか》える火国にとって、戦力の温存は必須《ひっす》のはずだ。

そこまで考えて、カランテアは大きく息を吐《は》き出《だ》した。それでも胸の痞《つか》えがとれない。

「だいたいな」と、オルレラインが声を大きくした。

「火国はラタの首と引《ひ》き換《か》えに、将軍側に和議を申し出ていたらしいんだ」

「何ですって?」

「ラタの首を差し出せば、和議してやるってわけさ。それを将軍は蹴《け》った。外務大臣のぼくに一言の断りもなく、だ」

一々、国許《くにもと》の意向を伺《うかが》う時間など戦場にあるはずがない。カランテアでさえ理解できることを外務大臣はわからないのか。わかっていて、非難しているのか。

「火国はラタの力をある程度は知っていたのね。それで、戦いの前に何とかしようとした。将軍は、そんな底意、すぐに見抜《みぬ》いたでしょう」

「拒《こば》んで当然だと?」

「わたしが将軍でもそうするわ」

いいえ、わたしなら喜んでラタの首を差し出しただろう。

将軍は、わたしの夫は火国の露骨《ろこつ》な誘《さそ》いにのらなかっただけ？　それともラタを殺すには忍《しの》びなかったの？

考えても苦しいだけとわかっていながら、考えてしまう。

「しかし、まあ、結果的には蹴《け》ってよかった。ラタの活躍《かつやく》で、和平交渉《こうしょう》はこちらに有利になったんだからな」

オルレラインが含《ふく》み笑《わら》いを漏《も》らした。

「オルレライン、あなた、大筋で承諾《しょうだく》と言ったけれど、火国は和平案を全て呑《の》んだわけではないのね」

「いや、ほぼ認めたよ。まあ、一、二、条件を付けてはきたが」

「条件……それって」

オルレラインは再び、椅子《いす》に深く腰《こし》を下ろした。

「まあ、きみの想像しているとおりの条件かもな。でも、別に構わないだろう。きみにとって目障《めざわ》りな穢《けが》れが消えて無くなるんだ。むしろ、喜ぶべきじゃないのかな」

オルレラインが、また、声を出さず笑う。酷薄《こくはく》な笑《え》みだ。直視できない。

カランテアは窓の外に目をやった。

闇《やみ》の帳《とばり》が全てを閉ざしている。いつか明けるとは信じられないほど、暗く黒く深い闇だった。

シレトが大きくいなないた。

喜びを表そうとするかのように、全身を震《ふる》わす。

赤い滴《しずく》が四方に飛んだ。

血だ。

ラタの愛馬は血に塗《まみ》れていた。ラタ自身もだ。髪《かみ》の先から滴《したた》るほど大量の血を浴びていた。

敵の血だ。

ラタはその匂《にお》いを胸の底まで吸《す》い込《こ》んだ。胸は高鳴りもざわめきもしない。凪《な》いだままだ。

「おや、見ろよ」

隣《となり》に並んでいたリャクランが眼下の草原を指差す。

敵兵の死体で埋《う》まった草原だ。

ラタとリャクランは、切り立った崖《がけ》の上に馬を並べて立っていた。東からの風が吹《ふ》いている。

いつもなら、草の先をなびかせ、乾《かわ》いた音を奏《かな》でるのだろうが、今、草々のことごとくは踏《ふ》みしだかれ、死体に潰《つぶ》され、そよとも動けない。

リャクランの策はみごとなまでに的中した。

ラタは五十騎《き》の精鋭《せいえい》部隊を率いて、火国の第一大隊の真ん中に突入《とつにゅう》した。恐怖《きょうふ》は感じなかった。恐怖以外のほかの感情もなかった。

憎悪《ぞうお》も殺意もない。

使命感も野心もない。

心と身体《からだ》は分離《ぶんり》し、身体はただ本能のままに躍動《やくどう》する。襲《おそ》いかかる敵をなぎ倒《たお》す。倒しながら、進む。

前へ、前へ。

目指すのは敵軍の真ん中、大隊長の座す場所だ。

「無駄《むだ》というものがいっさいない。最短の道筋を最短の時間で突破している。戦闘《せんとう》の真っただ中で、どうして、ああいう芸当ができるのか正直、驚《おどろ》いちまう」

戦いの直後、リャクランが珍《めずら》しく真《ま》っ直《す》ぐな感想を述べた。称賛《しょうさん》のつもりなのだろうが、この男にほめられても少しも嬉《うれ》しくないと、ラタは思う。

そして、今回の勝利が自分一人の手柄《てがら》ではないことも十分に承知していた。これはむしろ軍師リャクランの勝利だ。むろん、従った精鋭《せいえい》部隊の働きも大きかった。彼《かれ》らは、二十倍の敵に怯《ひる》みもせず、慌《あわ》てもせず、五分という時間を持ちこたえたのだ。

きっかり五分後。

火国の大隊は内側から崩《くず》れていった。

「化け物だ」

「食われる、助けてくれ」

「助けてくれ、助けてくれ、助けてくれ」

「鬼《おに》だ。怪物《かいぶつ》だ。逃《に》げろ」

「ぎゃっああああああ」

喚声《かんせい》と悲鳴が混ざり合い、うぉううぉう四方にこだまする。それこそ奇怪《きかい》な生き物の咆哮《ほうこう》のようだった。

叫《さけ》びながら、火国の兵たちが我先に逃《に》げ始《はじ》める。転んで味方に踏《ふ》み潰《つぶ》される者、軍馬の蹄《ひづめ》に額を割られる者、やみくもに剣《けん》を振《ふ》り回《まわ》し見境なく首を刎《は》ねる者。統制は完全に失われた。

「退《ひ》くな、戦え。戦え」

大隊長がいくら声を張り上げても、兵士たちには届かない。錯乱《さくらん》し、恐《おそ》ろしい幻影《げんえい》から逃《に》げ回《まわ》るだけだ。その混乱は瞬《また》く間に千人近い兵士に波及《はきゅう》していく。

「引き返せ、敵を前にして逃げるつもりか」

馬上で吠《ほ》え続《つづ》ける大隊長に向かって、ラタは跳《と》んだ。シレトはそのまま突《つ》っ込《こ》んでいく。歯をむき出し、大隊長の馬の喉《のど》に食らいついた。

「ああ、うわっ」

必死に手綱《たづな》を摑《つか》む大隊長の肩口《かたぐち》めがけ、剣《けん》を振《ふ》り下《お》ろす。

血飛沫《ちしぶき》が天に向かって噴《ふ》き上《あ》げた。

一瞬《いっしゅん》、大きく見開いた目がラタを見た。

何が起こったか理解できない。そんな目だった。

それで終わった。

人と馬が一体となって地面に倒《たお》れる。大隊長の身体《からだ》が馬体の下敷《したじ》きになった。骨の砕《くだ》ける音がしたが、すでにこと切れている男は呻《うめ》き一つ漏《も》らさない。馬はしばらくの間、四肢《しし》を痙攣《けいれん》させ、やがて全ての動きを止めた。

「ラタさま」

精鋭《せいえい》部隊の兵がひざまずく。

「火国の軍がいったん、退《ひ》くようです」

「うむ」

大隊が一つ消滅《しょうめつ》した。態勢を立て直すために、退《しりぞ》くのは当然だ。退いて、どうするか。このまま、引き返すはずもない。同じ手は二度と通用しない。新たな作戦があるのか。リャクランの言う「外交」とやらに舞台《ぶたい》が移るのか。

どちらでもいい。

戦えと命じられれば戦うだけだ。

ラタは血に濡《ぬ》れた剣《けん》を振《ふ》った。

兵士が素早《すばや》く布を当て、血糊《ちのり》を拭《ふ》き取《と》る。特殊《とくしゅ》な薬を染《し》み込《こ》ませた布は一拭きで、汚《よご》れを拭《ぬぐ》い去《さ》った。

この薬もリャクランが作った。

摑《つか》みどころのない男ではあるが、味方でいる間は実に重宝で有能だ。それだけは間違《まちが》いない。

剣を鞘《さや》に納める。

「勝利を告げろ」

「はっ」

兵士が立ち上がり、右手を高々と掲《かか》げた。

ドーン、ドーン。

大太鼓《おおだいこ》が打ち鳴らされ、鬨《とき》の声《こえ》がいっせいにあがる。

ドーン、ドーン。エイエイオー。

ドーン、ドーン。エイエイオー。

ドーン、ドーン。エイエイオー。

永依国軍の大勝利だった。


いったん退《しりぞ》いた火国軍はやや西寄りに陣《じん》を張り、さらに数を増した軍旗をはためかせた。

草原には夕暮れが迫《せま》り、置き去りにされた死体が鴇色《ときいろ》に染まっている。

「おや、見ろよ」

と、リャクランが指差した先には、いくつもの黒い影《かげ》が蠢《うごめ》いていた。その影を目で追っている間に、頭上が騒《さわ》がしくなった。鴉《からす》が群れをなして、飛んできた。

「狼《おおかみ》と鴉か」

「ああ、こりゃあいいな。空と地上と、草原の掃除屋《そうじや》たちのお出ましだ。人の手を借りるよりずっと捗《はかど》るかもな」

「リャクラン」

「何だ」

「この先はどうなる。戦《いくさ》が続くのか」

「気になるか」

「剣《けん》の手入れをしなければならない。刃《は》こぼれしてしまった。急ぐ必要があるのか研《と》ぎ師《し》に任せられるのか知りたかっただけだ」

「剣などいくつも持っているだろう」

「剣とて道具だ。使い勝手の良《よ》し悪《あ》しはあるさ」

「なるほど。おまえさんでも道具は選ぶわけか。何でもいいってわけじゃないんだな」

何がおかしいのか、リャクランがくすくすと笑う。

「戦いは終わりさ。おまえのおかげで火国軍は相当、びびってる。びびったりしちゃあ沽券《こけん》に関わるものだから、派手に軍旗をはためかしてはいるが、内側は相当、混乱してるぜ。勃国との戦を前にして、これ以上、兵力をそがれれば火国にとって致命傷《ちめいしょう》になる。こっちとどう和議を結ぶか頭を抱《かか》えてるんじゃないか」

「戦いの前にも和議の動きはあっただろう」

「ああ、あれね。『漆黒《しっこく》の鬼神《きじん》』の首と引《ひ》き換《か》えに戦《いくさ》を回避《かいひ》してやってもいいってやつか。はっ、笑っちまうね。見え見えじゃないかよ。まあ向こうの軍師も多少の頭の回転はあるんだろう。おまえがいなくなれば、わが軍の力は半減するってわかってんだ。で、こっちがうまうまと提案にのって、おまえの首を差し出せば、ここぞとばかりに潰《つぶ》しに掛《か》かってくる。ふふん、嗤《わら》う気にもならないほどお粗末《そまつ》な策さ。けど」

そこでリャクランはまた軽《かろ》やかに笑った。

「今度ばかりは肝《きも》に銘《めい》じたはずだ。本気で対等に和議を結ばなければ、どうにもならないとな。まもなく、あっち側から使者がくるはずだぜ」

「そうか」

「そうさ、ほら見ろよ」

火国の軍から軍旗と藍色《あいいろ》の無地旗をなびかせて、三騎《き》が走り出てきた。藍色は交渉《こうしょう》の意味を表す。

鴉《からす》が飛び立った。狼《おおかみ》は悠然《ゆうぜん》と人の肉を食《は》んでいる。

「さっそくに来たぜ。ふふ、意外に迅速《じんそく》な行動だな」

くすくすくす。くすくすくす。

リャクランの笑いは止まらない。

「リャクラン」

「うん？」

「こうなることを見越《みこ》して、最初の和議を拒《こば》んだのか」

「まあな。見越すというより受け入れられない提案は、どうあっても受け入れられないってことさ。永依国軍はクシカ将軍に支えられてここまで来た。というか、将軍がいなければ永依国なんかとっくに滅《ほろ》んで、地図の上から消えちまってるさ。よくて大国の属国になって搾《しぼ》れるだけ搾り取られている。曲がりなりにも、永依が独立国としてあるのは将軍のおかげだ。けれど、将軍だって超人《ちょうじん》じゃない。いつか老いる。いつか死ぬ。しかし、憂《うれ》いはない。おまえさんがいるからな、ラタ。おまえさんがこれからは軍の要になる。その要を失うわけにはいかないだろう」

「なるほど。そして、おまえが外交の要を握《にぎ》るというわけか」

「ゆくゆくはな」

リャクランは地平を見詰《みつ》め、僅《わず》かにうなずいた。

「国家間の問題をうまく収めるために最終的に必要なのは、武力じゃない。外交手腕《しゅわん》だ」

「何度も聞いた」

「何度も言うさ。言わないとわからないからな。外交で結果を出すためには、地道な努力と忍耐《にんたい》と才能がいるんだ。戦《いくさ》でてっとり早く勝敗を決めるほうが楽だなんて、本気で考えている輩《やから》がごろごろいるんだからな」

「どこにいるんだ」

「宮廷《きゅうてい》さ。王の周りにごろごろいる。家柄《いえがら》しか取《と》り柄《え》がないのに、国を牛耳《ぎゅうじ》ってる連中だ。家柄が取り柄になるなんておれとしては納得《なっとく》できないんだがな」

「辛辣《しんらつ》だな」

苦笑《くしょう》してしまう。

国政の中枢《ちゅうすう》に居座《いすわ》る貴族階級に対して、リャクランは容赦《ようしゃ》ない。「寄生虫みたいなもんだ。国民の生き血を吸って肥《こ》えてやがんのさ」とまで吐《は》き捨《す》てる。

ラタは別に何とも思わない。

男も女も着飾《きかざ》ってはいるが、中身はがらんどうだ。何もない。そんな気はしている。

「なるほどな。わたしにはよくわからないが……おまえが、政治に関わるようになれば少しは国も変わるかもしれんな」

「えっ」

リャクランが息を呑《の》んだ。まじまじと見詰《みつ》めてくる。

「ラタ、今のは……何だ」

「何だとは？」

「いや、その本気で言ったのか」

「わたしは冗談《じょうだん》は嫌《きら》いだ」

「そうだな。嫌いというより、冗談の才はまるでないな。てことは、本気で認めてるのか」

「おまえが政治家に向いてるということなら、間違《まちが》いなく認めている。外交に携《たずさ》わるなら、まさに適任だとも、な」

ヒュッ。

リャクランが短く口笛を吹《ふ》く。

「やったね。そこまで、おまえさんに言わせるとは、おれもけっこうな大物だ。じゃあ、おれが外交を仕切るようになれば、おまえさんは軍の要として、切り札になってくれるな」

「武力が必要なのか」

「手持ちのカードは多いに限る。当たり前じゃないか。よろしくな。大いに頼《たよ》りにしてる」

リャクランが左手を差し出す。ラタは眉《まゆ》を顰《ひそ》めた。

「どうした？　握手《あくしゅ》だよ、握手」

「断る。指に仕《し》込《こ》んだ毒針に刺《さ》されるかもしれん。こんなところで毒殺されるのはごめんだ」

「ラタ、何言ってんだ。友情の証《あかし》の握手じゃないか。毒針なんか使うわけがないだろう」

「あいにくだな。おまえと友情を結びたいとは望んでいない」

リャクランは舌打ちし、指を握《にぎ》り込《こ》んだ。

「まったく、可愛《かわい》げのない。おまえさんがどんな困難に陥《おちい》っても、助けてやらないからな」

「それはありがたい。わたしに手出しをしないでくれるなら御《おん》の字《じ》だ」

「そこまで言うかね」

リャクランが唇《くちびる》を突《つ》き出《だ》した。すねた子どもの顔つきだ。わざとだとわかってはいるけれど、おかしい。しかし、笑《え》みは浮《う》かんでこなかった。

戦《いくさ》のない世界。

リャクランはそれを作ろうとしている。

現実に作れるのかどうか、ラタには見当がつかなかった。

もう一度、眼下に目をやる。

夕暮れの日は薄《うす》れ、草原には闇《やみ》が溜《た》まり始《はじ》めている。狼《おおかみ》の吼《ほ》え声《ごえ》が長く尾《お》を引いて暮れていく空に吸《す》い込《こ》まれていった。

この、死に満ちた現実をリャクランは変えようとしている。そして、現実とは人の力で変えられるものだ。諦《あきら》めさえしなければ、流されさえしなければ、抗《あらが》いを忘れさえしなければ、変えられる。

リャクランの傍《かたわ》らで、変わっていく現実を眺《なが》めるのもおもしろいかもしれない。

ラタは考えた。

そのときはどうする？

思考の底から、ぷかりと問いかけが浮《う》かんでくる。自分自身の声として響《ひび》いてくる。

そのとき、おまえはどうするんだ、ラタ。

破壊神《はかいしん》の名を持ち、鬼神《きじん》と恐《おそ》れられ、戦うことしか知らぬ者は戦《いくさ》のない世をどう生きるのか。あるいは、どう生きられるのか。自分の現実をどう変えていけるのか。

「うん？　どうした？」

リャクランがのぞき込んでくる。

「いや……」

一瞬《いっしゅん》、目を伏《ふ》せた。

「そろそろ、陣《じん》に戻《もど》るか。使者がクシカ将軍に何をどう告げに来たか。気にかかりもするしな」

リヤクランが馬の向きを変えた。

「内容はお見通しじゃないのか」

「まあな。けど、油断は禁物さ。現実ってのは何が起きるかわからない。甘《あま》く見てると、痛い目に遭《あ》う」

「なるほど。確実なものなんて存在しない、だな」

ラタは口をつぐんだ。

頭の隅《すみ》で火花が飛んだ。金と銀と青銅色の火花が弾《はじ》ける。その中に少女が見えた。髪《かみ》の短い、華奢《きゃしゃ》な少女が空に跳《と》んだ。

その姿がはっきりと浮《う》かんだのだ。

全身が震《ふる》えた。シレトが首を振《ふ》る。主人の動揺《どうよう》が伝わったのか、蹄《ひづめ》で地を叩《たた》き、鼻から息を吐《は》き出《だ》す。

「ラタ……」

傍《かたわ》らでリャクランが呻《うめ》いた。片手で額を押《お》さえている。

「ユウだ。見た……はっきりと……」

そうかリャクランも見たか。

ユウ。何者なんだ。

ラタは目を閉じ、深く息を吸い、吐《は》き出《だ》した。

少女の姿は掻《か》き消《き》えた。

今あるのは、ラタの現実だけだ。薄闇《うすやみ》が広がり始めた大地、狼《おおかみ》の遠吠《とおぼ》え、血の匂《にお》い、無数の死体と死臭《ししゅう》、シレトの熱さ、乾《かわ》いた風、はためく軍旗。全てがラタの現実だ。

「……繋《つな》がっているのか」

リャクランが呟《つぶや》く。

「ユウとおれたちは繋がっているのか」

わからない。

ラタは手綱《たづな》を握《にぎ》り締《し》めた。

シレトはまだ、首を振《ふ》り続《つづ》けている。

由宇は男の肩《かた》に膝《ひざ》をめり込《こ》ませた。全体重をかけた一撃《いちげき》に男が奇妙《きみょう》な叫《さけ》び声《ごえ》をあげる。「ぐわわ」とも「ぐぎゃあ」とも聞こえた。そのまま地上に降りると、次の男に飛びかかる。喉元《のどもと》に手刀《しゅとう》を叩《たた》き込《こ》むと、こちらは声も立てずに横倒《よこだお》しになった。いっしょに転がった銃《じゅう》を摑《つか》む。

「動くな」

三人目の男に銃口を向ける。

「動けば、撃《う》つ。容赦《ようしゃ》しない」

心臓が縮みあがった。

今のはあたしの声？

まさか違《ちが》うよね。違う。

手の中がずしりと重い。

「あっ、やだ、何これっ」

由宇は持っていたライフル式の銃を放《ほう》り棄《す》てた。両手を握《にぎ》り締《し》め、後退《あとずさ》りする。

「うわっ」

横たわっていた男につまずき、尻《しり》もちをつく。男が呻《うめ》いた。

「うぐっ、ううう……か、肩《かた》が……痛い」

助けを求めるかのように、顔を上げ喘《あえ》ぐ。

「痛い、助けて……医者を……早く」

黒ずくめの服装だから闇《やみ》の一部が蠢《うごめ》いているように見える。

「おまえがやったんだ」

背後でくぐもった声が告げた。

慌《あわ》てて飛び起き、振《ふ》り向《む》く。

さっき、由宇が銃《じゅう》を向けた男が立っていた。やはり黒ずくめだ。

「おまえがやったのさ。肩《かた》の骨を砕《くだ》いた。そっちのやつは喉《のど》をやられたようだな。さて、無事に生きているのかどうか」

「あたしが……やった？」

「そうだ。おまえだ。男を二人、半死半生の目にあわせた。僅《わず》か数秒でな。たいしたもんだ」

歯が白く浮《う》いた。男が笑ったのだ。笑いを浮かべ一歩、近づいてくる。一歩、二歩、三歩。

「どうだ。気持ちがいいか。敵を倒《たお》す、敵を殺すのは心地《ここち》いいか」

「やめて、こないで。嫌《いや》っ」

男が銃を差し出した。

「嫌《いや》なら、止めてみろ。簡単なことだ。これでおれを撃《う》てばいい」

人なんか撃《う》ちたくない。撃てるわけがない。

由宇は奥歯《おくば》を噛《か》み締《し》め、身体《からだ》を縮めた。強く、激しくかぶりを振《ふ》る。必死で拒否《きょひ》を示す。

嫌だ。嫌だ。嫌だ。嫌だ。嫌だ。嫌だ。

来るな！

男が立ち止まった。舌打ちの音が響《ひび》く。

「手間をかけさせやがって。これ以上、もたもたはできないんだ。やむをえないか」

男の手がすっと上に動いた。腕《うで》を摑《つか》まれる。

「やめて、放して」

振《ふ》り払《はら》おうとした直後、衝撃《しょうげき》が身体を走《はし》り抜《ぬ》けた。

「あ……」

全身が痺《しび》れる。自由が利《き》かない。力が抜けていく。

由宇は膝《ひざ》からくずおれていった。

「意外にしぶとい。なかなか、覚醒《かくせい》しませんな」

「そう、でも、焦《あせ》りは禁物」

「ともかく、ひとまず連行します。よろしいですね」

「了解《りょうかい》」

二人分の声が頭上で聞こえる。一つは男のものだ。そして、もう一つは……。

えっ、そんな、まさか。

起き上がろうとした。声の主を確認《かくにん》しようとした。

だめだ。指一本、動かない。意識も薄《うす》れていく。

身体《からだ》が持ち上がる。誰《だれ》かに担《かつ》がれているのだ。

どこに、どこに行くの。あたしをどこに連れていくの。

声を張り上げたい。助けを求めたい。身をよじって抗《あらが》いたい。

涙《なみだ》が零《こぼ》れた。

由宇は遠ざかろうとする意識を必死に繋《つな》ぎ止《と》める。

微《かす》かな遠吠《とおぼ》えを聞いた。

馬のいななきを聞いた。

現実は変えられる。必ず、変えられる。諦《あきら》めなければ、流されなければ、抗いを忘れなければ、必ず。

そんな言葉を聞いた。

「火国が和議を申し入れてきた」

クシカ将軍が告げる。

戦いの前夜と同じ、将軍の天幕の中だった。卓《たく》を囲んで座《すわ》っているのも同じ、四人だ。ただ、四人の前には杯《さかずき》に注《つ》がれた酒が置かれていた。戦勝の祝いに振《ふ》る舞《ま》われた麦酒《ビール》だ。

「当然です。これ以上の戦いは火国にとって一利もない」

リャクランが顎《あご》を上げた。

「おまえの読みのとおりになったな、リャクラン。なかなかにみごとな作戦だったわけだ」

「おほめにあずかり光栄に存じます」

リャクランが将軍に向けて、恭《うやうや》しく辞儀《じぎ》をする。

「将軍、僭越《せんえつ》ながら申し上げます。今なら、永依国にとってもっとも有利な条件で和議を結ぶことができます。機会はこのときしかありません。一刻も早いご決断を」

「和議をわしの一存で結ぶことはできん」

「都の政治家たちに伺《うかが》いをたてねばならぬと？」

リャクランは肩《かた》を竦《すく》め、さも嫌《いや》そうに鼻先に皺《しわ》を寄せた。

「こちらから伺いをたてずとも、向こうから連絡《れんらく》が入った。火国の条件を全て呑《の》み、速《すみ》やかに和議を結ぶようにと」

「え……」

リャクランが今度は眉間《みけん》に皺《しわ》を寄せる。警戒心《けいかいしん》が面《おもて》に濃《こ》く浮《う》き出《で》た。

「火国はササンカにも使者を立てたのですか」

「そうだ。しかも、ここに遣《つか》わすより半日は早くな。おそらく、戦いの直後に早馬を飛ばしたのだろう」

リャクランが息を呑《の》み込《こ》む。

「将軍、火国が出してきた和議の条件は何なのです」

クシカ将軍が目を閉じる。かわりにハマが、卓《たく》の上に白い紙を広げた。火を吐《は》く獅子《しし》の印が押《お》してある。

「火国は和議を結び、なるべく早いうちに正式な不可侵《ふかしん》条約を結びたいと申し出てきた」

「不可侵条約だって」

「そうだ。この後、火国と永依国は互《たが》いの領地を一辺たりと侵《おか》さない。武力による衝突《しょうとつ》を起こさない。今の二国の領土を互いに尊重し、保障し合う。そういう内容だ」

ハマは獅子《しし》の頭を指先で二度、叩《たた》いた。リャクランは椅子《いす》の中で身じろぎする。

「怪《あや》しいな。あまりに好条件すぎる。それじゃ、火国が得るものは何一つないわけじゃないか。まさか、あの大国が一大隊を潰《つぶ》されたぐらいで、あっさり引き下がり、かつ、頭を下げたりするはずがない。親父《おやじ》、裏があるな。絶対に、ある。火国はこの提案と引《ひ》き換《か》えに、おれたちに何を求めてきたんだ」

ハマが紙を握《にぎ》り込《こ》む。獅子の姿がくしゃりと歪《ゆが》んだ。

「ラタの処刑《しょけい》だ」

「はっ？」

「ラタを引《ひ》き渡《わた》し、火国軍によって処刑させる。それが唯一《ゆいいつ》の条件だ」

「馬鹿《ばか》な」

リャクランが立ち上がった。あまりの勢いに椅子が横倒《よこだお》しになる。しかし、分厚い絨毯《じゅうたん》に吸い取られ、音はほとんどたたない。

「そんな馬鹿な条件、呑《の》めるか。火国の企《たくら》みは見えすぎるほど見えてる。ラタを殺せば、永依国の軍力は半減する。そうすれば、火国はやりたいほうだいだ。永依国軍を蹂躙《じゅうりん》し、ササンカに侵攻《しんこう》し、完全に支配下におく。馬鹿馬鹿《ばかばか》しい。三歳《さい》のガキだって見破れる。そんな条件、呑《の》めるわけがない。くそっ、まさか、二度もラタの首を望むとは……。火国がここまで執拗《しつよう》だとは計算《けいさん》違《ちが》いだった」

「おまえの計算が甘《あま》すぎたのさ。まだまだ、若いな、リャクラン」

ハマが息子《むすこ》に視線を向ける。ガラス玉を連想させるうつろな眼差《まなざ》しだった。

「火国の軍師か総大将かわからんが、なかなかの策士らしい。ラタの力がどれほどのものかちゃんと把握《はあく》している。このまま、放っておけば火国にとってとてつもない脅威《きょうい》になると、わかっているのだ。まあ、今日の戦いをまのあたりにして、まだわからないようじゃ使いものにはならん。ともかく、脅威を今のうちに摘《つ》み取《と》っておこうというわけだ。どんな手を使ってもな。まあ、おれがあちらの軍師でも同じことを進言するだろうよ」

「誰《だれ》か身代わりを使えばいい」

リャクランは立ったまま、こぶしで卓《たく》を叩《たた》いた。

「そこらへんから、ラタに似た女を探し出して」

「それは無理だな」

ハマが首を横に振《ふ》る。その仕草で息子を黙《だま》らせる。

「あれだけの暴れ方をしたんだ。ラタの顔が眼《め》に焼きついた火国兵は大勢いる。身代わりはほとんど不可能だ」

「だったら、和議を拒《こば》むしかない」

「そうだ、拒めるものなら拒みたい。おれだって、手塩にかけて育てた息子《むすこ》の首が刎《は》ねられるなんて耐《た》えられんからな」

リャクランの動きが止まった。

「え……今、何て」

「火国は、おまえの首も要求してきたのだ、リャクラン」

クシカ将軍が言った。リャクランの口が開く。息を二度、三度吸《す》い込《こ》む。喉元《のどもと》がひくひくと震《ふる》えた。

「おれの首……」

「そうだ。どうやら、火国に恐《おそ》れられているのは、ラタだけでなくおまえもらしいぞ」

「そんな、そんな……」

「よかったじゃないか」

そこでラタが初めて口を開いた。

「敵に恐れられるほどの軍師になったってわけだ」

「ラタ、冗談《じょうだん》はやめろ。下手すぎて気分が悪い」

リャクランは血の気のない顔をクシカ将軍に向けた。

「将軍、まさかそんな条件を呑《の》むおつもりではないですよね。命が惜《お》しくて言うんじゃないが
……いや、命は惜しい。むざむざ殺されるなんてまっぴらごめんだ。しかし、それだけじゃなくて、おれとラタを失うことがどれほどの痛手になるか、よくお考えください。よもや、そのような愚挙《ぐきょ》はなされますまいな」

クシカ将軍が大きく息を吐《は》き出《だ》した。

「都から、王の名で命令書が届いた。全ての条件を承諾《しょうだく》し、速《すみ》やかに和議を結べとある。逆らえば、我々は王に弓を引いたことになる。もはや、永依国に帰ることはかなわない」

リャクランは凍《こお》りついたように動かなくなった。

「我らに逃《に》げ場《ば》はない。選ぶ道は一つだけだ」

クシカ将軍が立ち上がる。

「ラタとリャクランを火国側に渡《わた》す。それだけしかない」

風が鳴っている。

風が唸《うな》っている。
ラタは唇《くちびる》を結んだまま、前を向いていた。
ランプの炎《ほのお》に照らされ、クシカ将軍の影《かげ》が揺《ゆ》れる。
遠くで狼《おおかみ》が鳴いた。

つづく

あさのあつこ

岡山県生まれ。

『バッテリー』（教育画劇）で野間児童文芸賞、『バッテリー』全６巻で小学館児童出版文化賞を受賞。

少年少女向けの著書に『テレパシー少女「蘭」事件ノート』シリーズ（講談社青い鳥文庫）、『NO.6』シリーズ（講談社 YA! ENTERTAINMENT）などが、一般向けの小説に『白兎』シリーズ（講談社）、『燦』シリーズ（文春文庫）などがある。

同人誌『季節風』代表。

YA! ENTERTAINMENT
X-01エックスゼロワン　[弐《に》]
あさのあつこ

2017年9月26日　第1刷発行

N.D.C.913 174p 20cm ISBN978-4-06-269512-1

発行者　鈴木　哲
発行所　株式会社講談社
〒112-8001
東京都文京区音羽2-12-21
電話　編集 03-5395-3535
販売 03-5395-3625
業務 03-5395-3615
印刷所　豊国印刷株式会社
製本所　大口製本印刷株式会社
本文データ制作　講談社デジタル製作

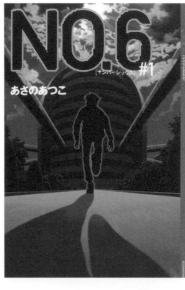